Querido librero

Querido librero

JOSÉ LUIS ROMERO

Ọ Plata

Argentina – Chile – Colombia – España
Estados Unidos – México – Perú – Uruguay

1.ª edición: septiembre 2025

AUTOR representado por EDITABUNDO, S.L., Agencia Literaria.
© 2025 *by* Urano World Spain, S.A.U.
Plaza de los Reyes Magos, 8, piso 1.º C y D – 28007 Madrid
www.letrasdeplata.com

ISBN: 978-84-10439-02-3
E-ISBN: 979-13-87557-90-4
Depósito legal: M-15.474-2025

Fotocomposición: Urano World Spain, S.A.U.
Impreso por: Rodesa, S.A. – Polígono Industrial San Miguel
Parcelas E7-E8 – 31132 Villatuerta (Navarra)

Impreso en España – *Printed in Spain*

A los libros que me salvaron de mí.

Me di cuenta, tarde quizá, de que solo tenemos un amor por vivir y una novela que contar. Todas las demás veces que amamos, todas las demás veces que escribimos, solo estamos buscando recrear ese primer encuentro; esa emoción única de aprender a amar por primera vez.

La forma de decir te quiero, ALBERTO O.

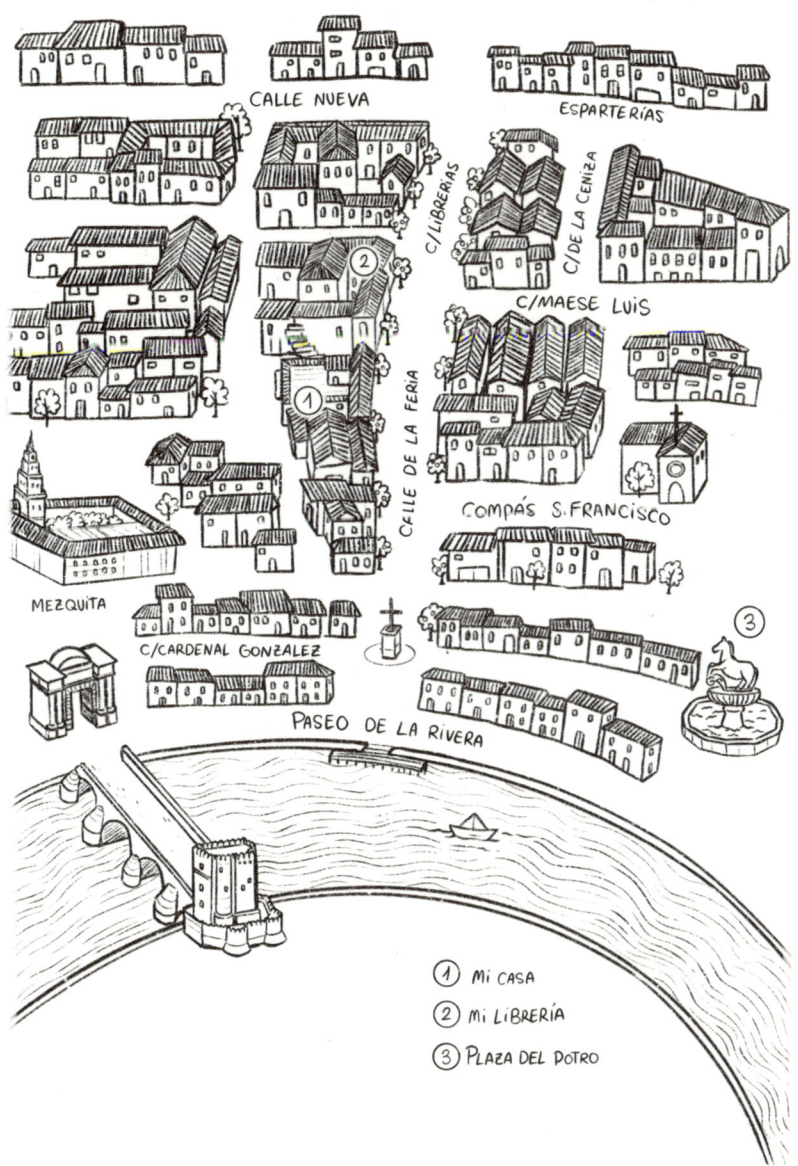

Un sollozo nunca es una buena señal, aunque solo sea un suave llanto de bebé. Entre suspiros y lamentos, a ratos profundos, otros llevaderos, se empezó a preguntar si la criatura llevaría mucho tiempo quejándose. Preparó la primera toma del día. Con dulzura la apoyó en su regazo e intentó relajarla mientras le susurraba una nana. Se volvió a dormir en cuanto terminó el biberón. Le extrañó que el abuelo no hubiera salido a consolar a su nieta. No le gustaba que lo hiciera. Le costaba impedírselo. Intentó volver a dormirse, o al menos descansar con los ojos cerrados.

Cuando se hartó de estar tumbada, dio comienzo su día. Lo primero que hizo fue prepararse un café de cápsula, con un nombre tan atractivo como exótico. Sin terminárselo, empezó con la tarea de limpiar y ordenar la cocina: retiró los platos sucios del fregadero, los pasó por agua y los metió en el lavavajillas. Solo dejó sin ordenar los manteles que habían usado en la cena. A los pocos minutos ya estaba preparando el café para Saúl. Decidió despertarlo para que tuviera tiempo de desayunar algo antes de salir. Después de arreglarse, acudió a la habitación del bebé, quien volvía a quejarse aunque esta vez más bajito, casi inaudible, para cambiarle el pañal y vestirlo para el día. La recibió con una sonrisa tan amplia, con los ojos tan abiertos, que se le olvidó la mala noche.

Se apresuró a terminar de preparar el desayuno; conocía demasiado bien los hábitos de su esposo, sabía que si no lo hacía presto se arriesgaría a que ya estuviera de mal humor todo el día. Con esmero, le sirvió el café recién hecho y unas tostadas con mermelada de fresa, sin ningún trozo demasiado grande, y se las llevó a la mesa. Sin prestarle atención al desayuno se quejó de la cena sin recoger. Después de desayunar, su marido, quien parecía incapaz de encontrar la chaqueta y su cartera, se preparó para ir al trabajo. Helena lo ayudó a buscar sus pertenencias y le dio un beso en la mejilla para despedirse. Apenas la miró, se marchó dando un portazo. Aun así, le deseó que la negociación fuera bien.

Necesitaba ayuda para evitar un dolor de cabeza agudo, ese tipo de dolencia que se instala en la frente y ya no te abandona en todo el día. Pensó en pedírsela a su padre, pero, al abrir la puerta del dormitorio, se sorprendió al descubrir que no estaba allí. Intentó recordar si lo había visto entrar en casa la noche anterior. Dedujo que habría salido a andar muy temprano o a echarle un vistazo a su antigua librería y que, seguramente, volvería antes de mediodía.

Sin saber qué hacer buscó el móvil, quería pedirle que volviera a casa para echarle una mano. Introdujo el PIN, miró en llamadas pérdidas, nada; buscó algún mensaje de voz de los que tanto le gustaba mandar, nada.

La tranquilidad no duró mucho. El cansancio ya habitual la desesperaba. No dejaba de preguntarse por qué su marido había decidido incorporarse al trabajo antes de que acabara el permiso de paternidad. Con el bebé aún en brazos, se adentró en la sala de estar y trató de entretenerlo con todo lo que encontraba a su alrededor. Ante la inutilidad de sus esfuerzos por consolarlo, decidió salir a dar un paseo con el cochecito del bebé, en busca de aire fresco que pudiera calmarlo.

El día estaba raro para ser mayo; daba la sensación de que de un momento a otro se pondría a llover. Mientras caminaba, se dio cuenta de que no había tenido tiempo de ducharse ni de arreglarse el cabello, y empezó a cuestionarse cuándo había sido la última vez, en los últimos tres meses, que había disfrutado de un momento para ella misma, aunque solo fuera para ducharse sin prisa.

De regreso a casa, el bebé se durmió, así que aprovechó para realizar algunas tareas domésticas: abrió las ventanas para airear la casa, atusó los cojines y empezó a hacer las camas. Dobló alguna ropa de su padre y fue a su cuarto a guardarla en la cómoda. Dejó su ropa interior en el primer cajón, como a él le gustaba. Las camisetas de tirantes blancas y los calcetines iban en el segundo cajón. Revisó que todos estuvieran en buen estado, ya que solía dejar, en el fondo del cajón, aquellos que ya tenían algún agujero o estaban desparejados. Ante la cantidad de calcetines por ordenar decidió vaciar el cajón entero.

No pudo evitar dar un respingo en cuanto descubrió una carpeta escolar algo desgastada, cuyo lomo parecía ceder ante la fuerza de los papeles que resguardaba. En cuanto la tuvo entre las manos, notó su aroma a papel viejo, a madera reseca por los años. El azul desteñido de la carpeta contrastaba con el marrón terroso del cuarto: un color que no pertenecía ahí, un color de infancia, de pupitres, de recreos.

La tocó. Las manos sudorosas le dificultaron abrirla. La superficie era ligeramente rugosa, con esas esquinas peladas que no raspan la yema de los dedos. Estaba tibia, insólitamente tibia, como si alguien la hubiera dejado ahí hacía solo unos momentos. La abrió. Dentro había papeles. Letras inclinadas con una caligrafía reconocible: la de su padre. Páginas con palabras cuidadas, tachaduras nerviosas. Un dibujo infantil: su nombre escrito con ceras torcido; una casa con un sol demasiado grande. Una carta sin fecha. Otra. Cartas con la letra de su padre. Cartas con una letra que parecía de mujer y que no reconocía como la letra de su madre, cartas mecanografiadas y una foto de su padre muy joven, rodeado de naranjos y con una mujer que no había visto nunca…

Los olores cambiaban con cada hoja: tinta seca. Polvo, un perfume que ya no existía en el mercado. Tal vez lágrimas. O la idea de ellas. La vació. Su pecho se contrajo más. Le sudaron las palmas. Le temblaron los dedos.

Decidió leer las cartas. Una vez ordenadas y, habiendo hecho una pila con ellas, comenzó a leer con atención la que tenía la fecha más antigua, deseando que el silencio durara, al menos, unas horas.

Estimada Aline:

Permíteme que yo también te tutee. Quizás no lo recuerdes, yo sí, nos conocimos hace algunos años. Me temo que no debí de causarte la misma buena impresión.

Siento no poder ayudarte. Aunque me afano por buscarles un hueco a todas las lecturas posibles, así como a las revistas literarias que se publican regularmente, mi conocimiento dista mucho de saber qué obra de teatro de García Lorca triunfó, hace más de cuarenta años, en Argentina. Teniendo en cuenta que faltaban veinte años para que yo naciera y que nunca salí de mi ciudad natal... Ahora que lo escribo, que me paro a pensarlo, no sé si prefiero haber nacido veinte años atrás y saber lo que me han deparado esas dos décadas, que desde aquí parecen muy largas, o poder viajar a otro lugar, por ejemplo, a ese París desde donde recibo esta inusual petición. ¿No te sucede que, hasta que no escribimos nuestros pensamientos, no nos damos cuenta de lo inverosímiles que resultan?

Sin embargo, tal y como me preguntas, sí que disponemos de un ejemplar de alguna obra de teatro de García Lorca, algo no demasiado habitual. En concreto, tenemos en buen estado uno de *Yerma*. Solo tiene una pequeña dedicatoria: «A Manuel, quien olvidó cumplir sus promesas». Fue editado, casualmente, en Buenos Aires hace unos diez años. Ya que lo tengo aquí delante, voy a aprovechar tu interés para leerlo. Te preguntarás cómo ha llegado hasta este mostrador: una hija de un inmigrante quiso vendernos el ejemplar y desde hace unos años nos acompaña en esta librería de lance. Recuerdo quién fue su anterior dueña porque me extrañó la forma de ofrecer aquella pila de libros: deseaba deshacerse de ellos e intentaba venderla casi al peso, sin importar su calidad o estado de conservación. Mientras lo hacía, me hablaba de autores que no me sonaban de nada, alabándolos con grandes aspavientos y acento meloso. Callado, sin pestañear, disimulaba las ganas de que dejara todos los libros en la librería sin regatear el precio.

Lo hablaré con Carlos, el dueño, e imagino que no habrá dificultades en hacértelo llegar a la dirección que tenemos como referencia o, si lo prefieres, dejárselo a tu padre, como tú nos sugieres.

Por cierto, hemos podido solucionar esa falta de localización que mencionas en tu carta y, desde hace unas semanas, puedes encontrar el teléfono de la librería en un listín llamado *Páginas Amarillas*. Cuando sepamos si te interesa, fijaremos cómo hacer el pago del ejemplar. Quedamos a tu disposición para cualquier consulta que nos quieras hacer.

Atentamente,

Querido librero:

He decidido llamarte así porque, más allá del nombre de la librería, no sé quién me contestó la petición de obras teatrales. Ya que no firmas la carta (¿es por mantener a salvo algún oscuro secreto de librero que trafica con libros valiosísimos?), intuyo, y espero, vete tú a saber quién lee mi correspondencia, que debes ser Alberto. La culpa la tiene mi padre, Antonio, tu vecino de calle, quien me convenció de que eras la persona adecuada para conseguir algunos libros de segunda mano y quien, obviamente, equivocado y muy desorientado, me sugirió que podrías conocer los pormenores de la obra de Lorca.

Mi padre recuerda que te solía ver con novelas del Oeste en las manos por la calle cuando eras niño, ensimismado, y, que un día, te encontró desolado porque habías perdido una. Tan cinéfilo como siempre, te preguntaba por películas de vaqueros. Me contó que, cada vez que te encontraba por la calle, te recordaba la pérdida («¿Lo has encontrado o sigues vetado en la biblioteca?»). Debe pasarle por la edad: recuerda más de lo que espera vivir. También me dijo que llevas unos años concentrado en tus lecturas mientras atiendes una librería de segunda mano.

Si no es molestia, resérvame el ejemplar unos días. Cuando se acerque mi padre a por el libro, y con toda confianza, pídele que lo pague.

Por cierto, ¿has conseguido saber qué obra de teatro era, o tengo que poner en duda tus dotes detectivescas literarias, que tanto sigue alabando mi padre?

P. D.: Prometo hacer uso del teléfono en futuras ocasiones, pero no veo posible, querido librero, que desde París pueda consultar un teléfono publicado en un listín telefónico allí, a más de dos mil kilómetros (¿acaso no queréis que os llamen desde otros lugares para solo ofrecer los libros a quien vosotros deseáis?). Tampoco quiero imaginar el precio de la conferencia internacional. Os dejo en el anverso del sobre la dirección donde me podéis localizar. También me puedes encontrar en las *Páginas Blancas* de París, si lo prefieres.

Con afecto,
ALINE PÉREZ

Querido librero:

Aunque ha pasado ya casi un año, te escribo para agradecerte que me hicieras llegar el ejemplar a través de mi padre. Disfruté mucho de la lectura y me quedé con ganas de saber quién fue su primer dueño y a quién iba dirigida esa dedicatoria tan incisiva. También le gustó al director de la compañía de teatro de la que formo parte desde hace seis meses. Déjame que te explique en unas breves líneas: durante estos meses, junto al resto de los integrantes, hemos estado buscando obras que nos hagan sentir el amor por el teatro, que nos desgarren y que nos ayuden a aportar algo interesante a través de la denuncia social. Obras cuya lectura sea capaz de darnos la energía suficiente como para llevarlas a escena, con todas las dificultades que ello implica.

Yo propuse recuperar algunas obras de Lorca, tan válidas hoy en día como lo fueron hace unas décadas. Me consta que han hablado con René Dupuy para representarlas en el teatro que él dirige, le Théâtre de l'Athénée. Desde la reapertura, ha brotado en él una ilusión inesperada, un brillo en la cara que le acelera el habla de una manera casi infantil. Está entusiasmado por volver a convertir el teatro en un punto de referencia de la ciudad. Quiere ser recordado como alguien innovador, algo que consiguió Louis Jouvet cuando estrenó L'École des femmes, de Molière, hace ya años, y por su forma de representar en escena cosas tan complicadas como las paredes. Dicen que, después de cientos de representaciones, seguía siendo capaz de hacer reír a los espectadores con una obra clásica.

¿No te parece una temeridad atreverse a hacer comedia con un texto de hace tantos años? Me hubiera gustado ver cómo situaba al personaje de Arnolphe como eje de la obra para que el resto de los personajes orbitaran a su alrededor. En fin, que me voy por las ramas. Recapitulo: sería un sueño traer un trozo de mis padres, de mi Andalucía, a París.

No creas que sería una novedad que se estrenaran obras suyas; durante algún tiempo, fue muy común verlas en cartel. He encontrado algunos acercamientos ya traducidos, pero me apetecía ser yo quien adaptara el texto y, por qué no, representar alguno de sus personajes femeninos, tan fuertes y desgarradores.

Solo temo que mis recuerdos de Andalucía son más alegres y felices que los que Lorca me ha hecho sentir.

No te preocupes, porque ya pude conseguir (uno de ellos gracias a ti, mi librero de Córdoba favorito) la trilogía de teatro que buscaba. Tendrías que ver cómo tengo ya los tres ejemplares: llenos de notas al margen, de páginas marcadas, de frases subrayadas…

Te avisaré si alguna obra del dramaturgo andaluz llega a estrenarse y, quién sabe, tal vez puedas viajar fuera de tu ciudad; no le vendría nada mal a mi padre que alguien lo acompañara en sus visitas a París y no se pasara las tardes de cine en cine.

Saludos cordiales,
Aline Pérez

Córdoba, 23 de octubre de 1969

Estimada Aline:

Nada más me gustaría que poder acompañar a tu padre en algunos de sus viajes a París. Recuerdo el libro de *cowboys* que nombras, el día que lo localicé en el puesto de golosinas, las colas que tuve que esperar para poder llevarlo unos días a mi casa, y el desafortunado incidente ocurrido. Efectivamente, me llamo Alberto, como mi padrino, aunque por la borrachera, quiero suponer que por la alegría de mi nacimiento, se le olvidó registrar el segundo nombre; así pude evitar tener que arrastrar la lengua diciendo algo tan largo como «Alberto Carlos» cada vez que me preguntasen mi nombre. Recuerdo perfectamente las ganas que tenía de leer aquella novela de vaqueros que se alquilaba en el quiosco y las vueltas que di esperando que estuviera disponible. Al menos, y no sé si estropearte tu idea, no estoy vetado de ninguna biblioteca.

Esa novela no la puedo olvidar porque la perdí. Anhelamos lo que perdemos; no nos da tiempo a aburrirnos de ello.

Mi madre, Rafaela, me mandó a hacer un recado. En principio, era fácil y ya lo había hecho en otras ocasiones: solo tenía que ir a comprar al ultramarino que está a pocos minutos de donde vivimos. Deberías conocer esa tienda de comestibles, a lo mejor tu padre te ha hablado de ella; el suelo de las tablillas cruje a cada pisada, y no puedes evitar quedarte mirando el caos organizado que reina en cada estantería.

Cuando entraba, me quedaba hipnotizado ante tanta cantidad de alimentos y cada vez que iba, me sentía en una especie de paraíso. Como si la realización del inventario fuera una de mis responsabilidades, empezaba por la estantería de encima, mientras relataba en voz baja, casi inaudible, todo lo que veía: conservas, aceites, chocolates y quesos en las estanterías superiores y cajones rebosantes de cafés, legumbres y cualquier alimento que se pudiera comprar a granel en las inferiores.

Antes de pedir, dejaba que la mezcla de todos los olores fuera pasando por mi nariz, mientras intentaba distinguirlos.

Ese día, cuando ya había repasado cada una de las estanterías, me acerqué a la barra de mármol donde estaba la cizalla para cortar el bacalao, deseando tener la suerte de ver cómo la afilaban.

María, como antes su padre, atendía con una mezcla de delicadeza y sorna. Tenía mucha mano para vender y sabía ofrecer el producto necesario a cada paladar. Sin preguntarme lo que necesitaba, me despachó el jabón.

Otros días, cuando el local se encontraba lleno, me gustaba sentarme en el banco de madera que había al fondo y observar cómo despachaba a la clientela. Sobre todo a los escasos hombres, siempre bien vestidos, a los que tenía la habilidad de venderles más de lo que necesitaban.

Ese día tuve la mala suerte de que, al pararme a beber en la fuente, justo debajo de mi casa, me dejé la novela y el jabón verdoso en el poyete al querer ayudarme utilizando las manos. Ambos olvidos tuvieron sus consecuencias.

Hace mucho que no paso por la tienda y me han entrado ganas infundadas de volver a hacer algún recado. Eso sí, pasan los años, dejas de ser niño, cumples la mayoría de edad… y aún me parece que puedo oler ese jabón que me dejé olvidado, sentir la pena que me acompañó en la desesperada búsqueda del libro y la angustia de no saber qué le pasó a ese pistolero que, en mitad del Oeste, se encontraba con un fantasma.

Créeme cuando te digo que me alegra que me hables sobre estrenos de teatro. Temo anunciarte, es una confesión y como cada una de ellas la estoy narrando con voz baja, que soy ratón de biblioteca y no espectador de obras teatrales; bien por la escasas oportunidades, bien por el poco interés que hasta ahora han despertado en mí las obras a las que he podido acudir

Eso sí, acaban de abrir un cine nuevo en la ciudad, Isabel la Católica, un poco más abajo de los jardines de Colón, adonde pienso asistir a algún estreno. Si todo va bien, este fin de semana veré *¿Quién teme a Virginia Woolf?*, de la que ya me ha hablado tu padre. No sé si el cine también forma parte de tus gustos. Aun así, aquí queda constancia del cine norteamericano, sin repudio.

He escrito «ratón de biblioteca», pero voy a cambiar la definición por «ratón de librería de libros ajenos», que lee entre cliente y cliente, pocos, lo cual hace que me pueda pasar el día leyendo. Un ratón de libros ajenos que no tiene prácticamente ningún libro en propiedad, pero que piensa que todos están dispuestos a ser leídos, solo esperando su turno para que sean suyos. Uno de esos, con colores pardos, que opinan que, para poder escribir, tienen que devorar primero todo lo escrito.

Eso sí, tengo que poner el grito en el cielo, no me has dejado otra opción. ¿Cómo es que has mancillado un libro? ¿Qué es eso de subrayar, escribir o doblar las páginas de los libros? ¿Acaso te hizo algo a ti el libro para que lo hieras así? No lo concibo, la verdad, yo que los mantengo impolutos.

Voy a tener que pedirte, como buen guardián y custodio de los libros ajenos, que en lo sucesivo evites ese tipo de comportamiento tan deplorable.

Ya que no lo nombras en tu carta, insisto en que hace unos quince años, nos conocimos, justo en la puerta de tu casa, y desde tu carta empiezo a dudar si no sería el mismo día que perdí la novela. Vuelvo a pensar en lo poco que nos queda cuando los demás no nos recuerdan.

Por cierto, terminé hace unos días, y no sin cierto escollo, *La educación sentimental*, de Flaubert. La dificultad no es por la complicación de la prosa: me viene dada por tratar de imaginar a esa París que dibuja. Y, por qué no decirlo, por pensar en amores que atormentan durante años, los que aún de mayores se agarran al caminar. Quizás, tú, más cosmopolita y tan parisina, sabrás orientarme en ambas cuestiones. ¿No vives en la capital del amor, o es solo un folleto para que las parejas pudientes os hagan gastos innecesarios visitando la ciudad?

Atentamente,
ALBERTO (CARLOS) O

Querido librero:

¡Feliz Navidad! Escribo estas breves líneas acompañada estos días por mi padre, quien te manda recuerdos y promete volver a pasarse por la librería en cuanto vuelva. No te preocupes, que estamos a solas: se acaba de acostar. Hemos pasado la tarde viendo las películas clásicas que ponen por Navidades. Ya me ha contado que estos meses habéis hecho buenas migas jugando alguna partida al dominó en la taberna que frecuentáis. Disculpa el tiempo que me ha llevado volver a escribirte.

No me esperaba el libro que me mandas bajo su regazo, todo un detalle. Debe ser por lo inesperado del regalo o por mi desconocimiento de la poesía española que me tiene asombrada. Permíteme que copie de tu presente estos pequeños versos, para volver a fijarlos en mi memoria: «Nació y no supo. / Respondió y no ha hablado».

Se lo he ido leyendo a mi padre, quien es algunos años más joven que el autor. Cuando lo leí en voz alta entendimos que era un obsequio para ambos. Ya sé, estás en el cine y no entiendes de poemas, eres un libro abierto para mí.

Estas semanas fueron frenéticas, aunque la obra de Lorca no siguió adelante. Por cierto, los libros son míos y los hiero cuando quiero que para eso los compré (los que vengan de tu parte, prometo mantenerlos vivos y sanos). Sigo, no me distraigas.

El mes pasado estrenamos una nueva obra de teatro. Tendrías que haber visto la expectación que causó. Desde las protestas de mayo del año pasado, la ciudad parece otra, mucho más preocupada por querer saber y avanzar todos juntos.

El día del estreno creo que fue uno de los más felices (rectifico y paso a asegurar que fue el *más* feliz), un día para recordar por el resto de las tardes de domingos de invierno. Tiene esta profesión unas subidas y unas bajadas anímicas que me cuesta gestionar. Cuando estrenas una obra, cuando recibes aplausos, el aire está lleno de confeti. El problema viene luego, cuando tú sola tienes que barrer todo el confeti que ha caído por el suelo. Creemos que vamos a ir de gira por las principales ciudades, pero esta tarde de un otoño recién estrenado lleno la espera con vino tinto, un tanto peleón, por cierto. Me miro al espejo y me cuesta reconocer a esa actriz que días atrás tuvo que volver a salir a saludar ante el aluvión de aplausos. Me miro y, por momentos, no sé quién está al otro lado del espejo.

Tengo que admitir que le he preguntado a mi padre más de lo habitual por mi librero cordobés. Raro en nosotros, que solo sabemos hablar de cine. Insiste en que pases a verlo por su casa y que lo acompañes en alguno de sus paseos por la orilla del Guadalquivir.

Yo le sugiero que lo más cómodo sería que se fuera acostumbrando a visitarte en la librería, a ver si así toma el hábito de salir de casa no solo en dirección a la taberna.

A veces pienso si no fue descabellado dejarlo allí solo. No sé si debería ir más a menudo, pero el teatro, ser actriz, es exigente. Te aprieta y solo te suelta casi de madrugada, cuando has desfallecido. Ese «solo» debería ir entrecomillado, porque nunca se está solo donde hemos crecido. Sigue hablando de casas encaladas y naranjos en flor; de sus problemas de asma en primavera y de un autobús que se ha precipitado al río; de fiestas con cruces con flores y de vino tan fino que parece oro.

Ya sabes que mis padres emigraron a Cruzy, una pequeña población del departamento treinta y cuatro, quizá su capital, Montpellier, te suene más, antes de que yo empezara a crecer. Quizá te preguntes, porque intuyo que mi reservado padre te habrá contado poco (¿acaso no lo son todos, queriendo guardar para sí las penurias y desdichas que produce el crecer?), qué pasó.

Lo que en principio era para poco más de un mes, se convirtió en una sucesión de trabajos esporádicos. Mi madre, a los pocos años de estar allí, se fugó con el dueño de la panadería que algunos domingos empezábamos a frecuentar cuando la situación económica fue cambiando.

Mi padre aguantó a mi lado sin quejarse, sin un mal gesto, lidiando con una adolescente insoportable hasta que, una tarde, le anuncié que tenía pensado mudarme en breve a París, para cumplir mis sueños de actriz.

No me contestó, no hizo ninguna mueca, pero a la tarde, cuando ya habían pasado bastantes horas, entendió que un sueño acaba donde empieza otro. Que una mudanza, la mía a París, lleva a otra, la suya de vuelta a Córdoba. A los días nos mudamos, nos ayudamos a hacer nuestras respectivas maletas, nos despedimos con promesas y, en mi caso, lágrimas.

Él volvió con su ilusión rota al sitio del que se había marchado una decada atrás, y yo sigo aquí, a ratos sintiéndome cerca de ellos, mis padres, por otros, diciéndome que tengo que vivir mi sueño. Seguro que más de la mitad de la historia ya la sabías. Si es así, mantén el secreto de cara a mi padre. No vamos a estropear la relación que tienes con él por un lío de faldas, ¿no?

Paro aquí porque no sé si es efecto del alcohol, que ha comenzado a hacer frío o que echo de menos a aquellos dos jornaleros que recogían uvas, que un día decidieron salir de su ciudad para una Francia tan desconocida y lejana, donde solo buscaban lo mejor para su hija. Hay tardes que deseo que no hubieran sido tan valientes; anhelo que el *croissant* de ese domingo nunca hubiera existido, eliminaría el resto de los fines de semana que empezaron a llevarme a elegir un postre a la panadería del pueblo.

Te lleva mi padre un pequeño libro comprado en las librerías junto al Sena, deseando que te entusiasme tanto como a mí el tuyo y que, mientras lo lees, seas capaz de ver las luces que se reflejan en el río, la humedad al pasear por su ribera y la calidez de las muecas de los transeúntes abrigados camino a sus casas.

No me olvido de que me has preguntado por París. Prometo contarte cómo es mi París en las próximas cartas. Y no, lo siento, no recuerdo haberte visto por Córdoba en mi niñez, poca solución le veo. Por cierto, qué poco expresivo eres. ¿Solo hablas de libros? ¿Qué hay de lo que amas y de lo que odias?

Con cariño,
ALINE PÉREZ

Córdoba, 15 de enero de 1970

Estimada Aline:

A mi pesar, debo informarte de que no te he enviado ningún libro a través de tu padre. De hecho, después de participar juntos en algunas partidas de dominó, han pasado meses sin que me lo encuentre por la calle; tantos que llegué a pensar que, tal vez, estuviera enfermo o hubiera regresado a Francia. El libro sigue siendo valioso, ya sea de mi parte o adquirido por tu padre, de eso no cabe duda. Durante días he estado reflexionando sobre esto; permíteme explicarte las circunstancias.

En un primer momento, consideré mantener la versión que tu padre me brindó, ya que encontraba razones para creer que debía haber una explicación, aunque yo no lograra comprenderla. Me inclinaba a pensar que estaría deseando oírte recitar algunos versos que rondarían su mente. Temería que pudieras negarte o, peor aún, no tomarlo en serio. Aquí mis razones comenzaban a fallar. Si lograba hacerte creer que se trataba de un regalo, no podrías resistirte. Nadie puede evitar sentirse especial con un presente: lo leerías o, al menos, lo abrirías con curiosidad por el mismo.

¿Y si te lo dio con un marcapáginas entre las hojas que quería que leyeras? Esta idea me vino porque me encanta comprobar por dónde se abre un libro de segunda mano y, al leer la página, pienso si esa sería la cita preferida del antiguo dueño o simplemente la última página que leyó.

En segundo lugar, aunque debo advertirte que las razones pueden cambiar y cualquiera convertirse en la causa principal, te estoy avisando lo que ya intuyes. ¿Hay algo más angustioso que un mayor dando lecciones de vida? Como un maestro que habla sin dirigirse a ningún alumno, que no nombra a nadie, pero espera que alguno le preste atención.

Ahora, en esa visita a París, no solo te dejó su presencia, los momentos compartidos y ese paseo por el río, donde tuve la suerte de ser protagonista de vuestras conversaciones, sino también unos versos que habrás estado rememorando durante algunos días. Quizás mientras me lees, los recites.

La tercera posibilidad que se me ha ocurrido es que seas tú quien me esté proponiendo esos versos. Quizás, sean tuyos; quizás, no lo recuerdes exactamente y me quieras avisar sobre algún aspecto de mi vida que no debo estar haciendo bien.

Aquí va la resolución al conflicto: de las tres posibilidades, la última es la que veo más inverosímil y la que me gusta pensar que es la correcta.

Para poder dilucidar y decantarme por alguna de las opciones he estado buscando, durante las pausas para comer, a qué libro de poesía deben corresponder los versos que me escribes, pero no he conseguido localizarlos.

Ahora que empiezo a despegarme de esa pequeña obsesión, admito que me he rendido tras haberme pasado algunas semanas repasando libros de poesías. Soy yo quien te deja algunos versos, prometiendo que, si te gustan, te mando el libro por correo postal.

Espero, y deseo, que desconozcas de quién es la autoría. No he comido tan mal como los días en los que de forma obsesiva he estado buscando tu poema. Espero que te pase igual. Aquí van: «Todo lo que de vos quisiera/ es tan poco en el fondo/ porque en el fondo es todo».

Sigue hablándome de París, de tu vida, de la diferencia entre vivir en un pueblo y una gran ciudad. Así podré alimentar esta fascinación, como quien premia a una mascota cada vez que reclama atención.

Necesito saber que si hay otras vidas, no me tengo que conformar con vivir aquí. Yo no me separo del libro que me regalaste. No me importa que tenga que copiar su título, porque me perdería entre tantas letras que no entiendo: *A Moveable Feast*, de Ernest Hemingway.

Lo he llevado conmigo a todas partes, desde la pequeña librería especializada en autores iberoamericanos de segunda mano en la que trabajo hasta las fiestas de la semana pasada, cuando el dueño de la librería me permitió tener unas tardes libres.

La portada es un ejemplo de calidez con sus tonos ocres, y la escena que representa, un puente solitario y lejano, me hace evadirme, sentirme en su paisaje. Me la sé de memoria, la veo cada día al despertar porque la he colocado como si fuera un cuadro, y así poder admirarla cuando me plazca.

He examinado minuciosamente la contraportada buscando la editorial: Charles Scribners Sons. Soy capaz de distinguir que se publicó en Nueva York.

Vuelvo a abrirlo, lo huelo y sigo buscando algún significado en las letras: París y Pamplona. Reconozco nombres de autores, como Gertrude Stein, James Joyce, Ezra Pound, y de un matrimonio, Zelda y Scott Fitzgerald.

Solo veo una solución: sin demora debes contarme todo lo que puedas acerca de las calles, la vida de la gente y si la ciudad se ve igual desde allí como yo la veo.

Adoro, cuento los días para irme de tabernas yo solo. «Amar» lo llamas tú. Ver otras caras, oír otras voces. Siempre a finales de mes, que por ahí no me fían. Si es un viernes, o si mi tía Curra está en casa con mi madre, aprovecho para que sean tres en lugar de una. Me saludan los geranios y todo tipo de claveles al entrar y me pierdo, en silencio, mirando reproducciones de Julio Romero, con sus gitanas de pelo negro azabache y con la cartelería de diferentes corridas de toros. A veces, si hay alguna tertulia, se dejan las paredes encaladas para entrar a cuartos reservados, siempre alrededor de un velador o una mesa camilla. Siempre callado, siempre sentado en una esquina. Bebo pequeños sorbos mirando las baldas, como de pequeño hacía en los ultramarinos, y me detengo en los anises de Rute, de Cazalla o Arruza, todos con sus golletes adornados de rojo y gualda, y luciendo unos estampados de Machaco o de Zurito tan heroicos en sus trajes de luces, tan dispuestos a entrar en acción, tan valientes.

Hay otros días que no necesito viajar a la Isla Barataria y saludar a su gobernante Sancho Panza. Me vale con no ir a mi taberna, bajar un poco más y esconderme en la Sociedad de Plateros con sus vinos Peseta, Platino u Oro Viejo. Ya sabes lo que dicen: «Córdoba, ciudad bravía, que entre antiguas y modernas tiene trescientas tabernas y una sola librería». Con que sea la mía me conformo.

Si en lugar de ir achispado quiero llegar ahumado a la cama, es señal de que no quiero ver a nadie. Bajo a media tarde a un despacho de vino, al de Lagares Montillanos. Allí solo tengo que tratar con Diego, quien, con sus características chapetas coloradas, me llena mi garrafa, mi damajuana.

¿Por qué lo adoro? Medio mareado, por el vino y el ambiente, siempre siendo capaz de andar en línea recta y sin balbucear, soy otro. Uno más valiente que se atreve a admirarse; uno que sabe que lo han rescatado enseñándole a leer; uno que sabe la vida que le hubiera esperado sin los libros que nos salvan de nosotros mismos. Lo pienso, quiero dejárselo por escrito, a la única persona con la que puedo hablar estas cosas: hay quien recuerda su infancia por los veranos, por los regalos o por los amigos inolvidables. Yo la recuerdo por las lecturas. No me dieron una infancia perfecta, ahí estaban Roberto Alcázar y Pedrín, El Jabato o el Capitán Trueno, pero sí una propia. Y eso, en un mundo que nunca terminaba de entender, fue suficiente.

Por cierto, si necesitas algún libro con urgencia, recuerda que tenemos teléfono en la librería. Quiero hacerte saber que tengo una novedad que me gustaría compartir contigo, te la escribiré en la tarjeta comercial que adjunto a esta carta. Dejo lo que odio para la siguiente carta.

Atentamente,
ALBERTO O

Querido librero:

Claro que sí quiero ese libro del librero atrevido y romántico. Y lo admito, no tengo ni idea de quién son esos versos, pero eso no va a impedir que me lo regales, ¿verdad? Pero, ¿también tienes un trato que proponer? Porque, seamos realistas, tú eres quien me lo envió para seguir escribiéndome, ¿o no? No niegues que eres tú quien está detrás de todo esto.

¿Sabes qué? Eres parte de ese hueco que tengo por mis raíces, que llenas con tus cartas. Por lo tanto, espero que me sigas enviando cada libro que vayas leyendo; no lo sabes: las cartas ni se ruborizan ni pueden oírme reír. ¿Qué tal va esa gestión de las obras de Lorca? ¿Ya las has leído? No intentes esconder que las mujeres andaluzas son heroínas y villanas, fuertes y decididas, pero al mismo tiempo vulnerables y frágiles. ¿Tengo que recordarte que soy de allí y que, sin duda, me reconoceré en ellas?

No sé si has vuelto a releer las cartas ni qué recuerdas de ellas, pero te contaba que estábamos pendientes del estreno de una nueva obra, aunque no lo hicimos en el teatro que te nombraba, como nos hubiera gustado, ¿acaso hay algo mejor que estrenar obras que amas en tu teatro ideal? Por fin, el 2 de marzo, conseguimos llevar a cabo el estreno de la obra *Evita Perón*, que Copi (¿te he hablado ya de él? Seguro que sí) escribió el año pasado. Estábamos entusiasmados con un acercamiento al personaje de una manera tan transgresora (fíjate: los principales personajes femeninos están interpretados por hombres, ¿a que es increíble?), pero a las puertas del teatro L'Éppée de Bois, muy cerca de donde vivo, en el Barrio Latino, estalló una bomba. Un grupo de espectadores empezó a agredir, sin ton ni son, al público que se agolpaba a las puertas (así como te lo cuento: los mismos espectadores, los que habían pagado su entrada y esperábamos que disfrutaran de la propuesta. ¡Qué inocentes fuimos!).

De repente, oímos un gran estruendo y tuvimos que desalojar el teatro.

Entiendo que es transgresora, que juega con la literalidad y la simulación. Solo son capas para mostrar la convalecencia de Eva Perón, el embalsamamiento de su cadáver, su largo funeral y el posterior robo y desaparición. Ahora, desde aquí lejos, todavía me tiemblan las manos al escribirlo. Por suerte, la obra está siendo un tremendo éxito; no me extrañaría que se siguiese hablando de ella durante décadas, o siglos, qué sé yo (¿oyes mi risa?).

Claro que hay diferencias entre donde crecí y este París. Aquí necesitas reloj para todo. Yo, que en mi pueblo medía todo por estaciones del año. ¿Quién nota la diferencia entre verano y primavera con el calor que guarda este asfalto? Así que me compré uno, en una galería muy sofisticada cerca de mi piso. ¿Otra compra? Un callejero, no te rías. ¿Cómo voy a ser capaz de orientarme si aquí las casas no tienen nombre? ¿Dónde queda la casa de los Fontaine, de los Dupont y la de los Lefebvre? Pues una, pasando la fuente; otra, en el margen derecho del puente, una vez pasado el río; y la última, en la antigua herrería, ahora ferretería. Bueno, te lo estoy exagerando, pero seguro que te haces una idea.

¿Cuántas calles, giros, semáforos, sentidos únicos tengo que memorizar aquí?

Otra cosa: ¿por qué aquí el cielo es más pequeño? ¿Por qué no puedo verlo y solo lo veo en pequeños trocitos, con tono desvaído, opaco, casi lácteo? ¿Lo peor de todo sabes qué es? Nadie me conoce, nadie me saluda. Tengo que irme presentando a la gente, cuando yo, de donde vengo, antes de conocerlos, todos sabían quién era, incluso antes de esta necesaria presentación. Aun así, amo esta ciudad con tanto ruido por las calles que no me deja escucharme.

Es difícil imaginarme tu vida por allí, ya tienes la mía por aquí.

Con cariño,
Aline

Aline:

Permíteme expresarte, a través de esta misiva, mi anhelo de que nuestra correspondencia continúe, a pesar de las incertidumbres que intuyo me acecharán en los meses venideros, porque dudo que quieras seguir mandándome cartas con quien ya no tiene libros de los que hablar.

Uno se hace a lo que hay, y en mi caso, cinco años han sido suficientes para valorar y darme cuenta de que estoy donde quiero. ¿Querría seguir en Córdoba si no tengo la librería? Temo que mi cambio de situación pueda afectar la naturaleza de nuestra escritura sobre libros, ya que yo, al margen de mi trabajo en la librería, no poseo una biblioteca en mi hogar como para poder ir renovando mis lecturas.

Entiendo el mundo únicamente a través de la lectura, pues, a través de los libros, he aprendido a conocerme, a comprender a los demás, a entender el mundo y a buscar otros mundos, que de otra manera, permanecerían ocultos para mí. Los libros me han enseñado a imaginar, a evadirme, a sentir y a ser más fuerte. Los libros me dicen qué puedo lograr mientras escribo, soñar con estar en estanterías de extraños, y que vean mi vida a través de la ranura de una puerta cerrada bajo llave. ¿Cómo podría renunciar a ese tesoro, a ese regalo tan precioso?

Las complicaciones son muchas, ya que los hijos del dueño viven fuera, por lo que no existe la posibilidad de que continúen con la tradición familiar libresca, como a Carlos tanto le gustaría. Solo tiene uno de sus hijos por aquí, un poco apático y muy bohemio. No quiere quedarse con la librería, tiene otros planes. Otra forma de entender la vida que yo, por mucho que intento entender, no comparto. ¿Cómo no entiende su hijo este regalo de su padre?

Fui un mozo de almacén, un mero transportista. Luego comencé a ordenar libros y a limpiarlos. Ahora atiendo y recomiendo libros, me sé los gustos de los clientes, valoro obras y negocio precios. Lo más importante, aprendí a leer. No a leer con una cartilla, a leer novelas, a entender qué me quieren decir, a discernir qué me atrapaba y qué no, a saber dónde había pureza y verdad. Carlos me ha puesto a dieta literaria, me va dando libros que debo ir leyendo. Yo, obediente, llevo cinco años leyendo uno tras otro. Cuando acabe esta lista, espero que alguna vez así sea, podré elegir yo qué leer y empezar a escribir. Seré un escritor desbordado de tantas historias que tendrá que contar las suyas.

No solo se trata de perder este mundo al que, al principio, no tenía acceso, un mundo velado, solo accesible a quienes se lo pueden permitir, sino que ahora, rodeado de libros, no podría vivir fuera de él. ¿Puede vivir un jilguero que lleva enjaulado toda la vida fuera de su jaula? Quiero seguir disfrutando de esas siestas plácidas, somnolientas, asfixiantes e insoportables en la librería, tumbado en una hamaca tan gastada que no recuerdo su color originario, a sabiendas de que nada me pertenece, ni el tiempo que le dedico al descanso ni los libros que me rodean.

¿Cómo puedo demostrar esa lealtad eterna? ¿Cómo voy a mantener mi despreocupación si el mundo se desmorona? Me quedará cuidar a mi madre y esperar que algún día mi padre regrese del mar, como ya hice durante los primeros quince años de mi vida. Imaginar y concebir. Permitir que la fantasía se eleve. Soñar con ahorros, con solicitar un préstamo, todo con la intención de poder pisar las calles de París, con comprar una librería y encerrarme dentro.

Antes, debo conocer mi futuro laboral y, quizá, buscar una buena señora que cuide a mi madre. Desde el instante en que recibí tu invitación, considero que viajar por primera vez es una realidad factible, aunque a veces tengo la duda de si no será solo una formalidad y no dejo de pensar en si llegaré a visitarte. Aquí, en primavera, solo anhelo que la lluvia no me defraude, que venga sin esperarla y me alivie, que me permita dormir. La tos, el picor de garganta, los mocos que no cesan y los ataques de tos me tienen agotado; esa fiebre del heno tan común.

Las tardes de ahora, donde el sol no quiere decir adiós, con siestas tan soporíferas que hacen que no haya nadie por la calle, han hecho posible que tenga, de repente, bastante tiempo libre, así que me he apuntado a clases de inglés. También he preguntado por clases de francés, aunque hay menos disponibilidad. Si tengo la oportunidad, si la librería, mi madre y el dinero me lo permiten, me gustaría viajar, ver otras formas de andar por la calle. Por supuesto, lo primero, sería París.

A pesar de que no fui a bachillerato y que ahora tengo que pagar mis clases, la sensación de satisfacción que me produce opaca el malestar de sentir que estoy perdiendo el tiempo y mi escaso dinero.

Cuando ando hacia el río bajo hileras de naranjos por la calle de la Feria, junto a los clientes que buscan satisfacciones sexuales rápidas y el sabor amargo de los vinos de la tierra, miro hacia el horizonte. Me fijo en las colinas con tonos arenosos que asoman tímidas al final de la ciudad y hacen que me deslice sin esfuerzo, casi sin andar. Ese sentimiento me llena de felicidad.

Y yo solo pido olores a naranjas que caen al suelo sin que las consuman y pasan a convertirse en mermeladas; a cal que se desprende cada invierno y forma desconches en las paredes, sin que las reparen. Me quedo con esa sensación de libertad que siento al sentarme en los bancos que bordean el río y buscar siempre los colores vivos de las ondas del curso, mientras vigilo si viene mi padre, el marinero.

Aun así, te ruego, te suplico que me hagas partícipe de esa ciudad que anhelo, que no conoce la turbación. No dejo de leer sobre la ciudad, sobre sus calles, sobre sus gentes. ¿Serán los colores que leo en Zola los que me revelen una ciudad llena de exquisiteces, comidas refinadas y bebidas exóticas con las que brindar con Camus por la libertad? ¿Cuál de todas las París que imagino será la verdadera?

Yo, de teatro, no sé decirte, no tengo con qué comparar. De escenas macabras y de idealizar personas voy entendiendo cada vez más. Pienso en *Ella*, de Onetti, donde el amor se convierte en una especie de delirio, una mujer que quizás nunca existió como él la recuerda. Y en *El simulacro*, de Borges, donde lo sagrado se vuelve espectáculo, y la gente llora ante una muñeca. En los dos casos, lo real se disuelve en lo que queremos creer. Será que solo idealizamos a quienes nunca podremos alcanzar.

Anuncié que en la próxima carta incluiría lo que odio. Se resume en que, la mayor parte del día, me odio a mí mismo. Mis exigencias, el querer adaptarme a lo que se espera de alguien. Necesitar que me guste el fútbol para tener de qué hablar con los demás, piropear a mujeres para sentirme uno más, yo, que nunca toqué a ninguna mujer.

Te lo iba a contar con un cuento. Pensaba inventarme que Manolo, el Pijoaparte, y yo habíamos ido a un guateque, en algún barrio de ricos, donde sonarían los Brincos, que tanto le gustan a mi madre. Iríamos de gala. Allí veríamos a una atractiva Maruja e intentaríamos seducirla. Descubriríamos que es la sirvienta y no la dueña del piso pudiente donde estábamos. Vería cómo Manolo localiza a una conflictiva universitaria y consigue llevársela a una habitación. Así, tendría la oportunidad de charlar con Maruja, sobre la envidia que me dan, quienes no tienen miedo a ser rechazados, quienes se atreven a tocar y a ser tocados sin temblar con solo pensarlo, mientras el resto baila alrededor nuestro. Porque con un cuento es más fácil admitir que nunca estuve con ninguna chica, y que, llegado el caso, estaré amedrentado.

Es fácil explicarse cómo es mi vida: se vive como se lee. Lees rápido, grandes volúmenes, y haces apología de todas las páginas que has leído. Vives tan deprisa que olvidarás lo leído, lo vivido. Te jactas de leer libros larguísimos, de más de quinientas páginas… ¿y de qué partes te vas a acordar? Lee despacio, anda más lento. Párate en cada esquina. Leer es un estilo de vida, como lo puede ser correr maratones o tocar en una banda de *rock*.

¿Qué mejor forma de subversión puedes hacer que leer lo que no quieren que leas? ¿Quieres saber cómo realmente es esta España? ¿Quieres saber cómo es el mundo? Lee *La colmena* o *Réquiem por un campesino español*, y así, por mucha propaganda, por mucho NO-DO, sabrás lo que vives. ¿Eres más sutil y burguesa? Lee *Entre visillos*.

Intercambia libros a escondidas, compara portadas. Lee bajo una linterna, entre sábanas. Camufla libros, confundiéndolos con libros religiosos bien vistos.

Vive lo que lees. ¿Lees a Cortázar? Escribe frases en servilletas, busca signos, casualidades y cronopios durante un mes, y deja que la ciudad te vaya dando pistas, romanas o árabes, de lo que guarda cada rincón. Déjalas en las tabernas, pónselas a alguien en su bolsillo o déjalas en algún abrigo colgado. Imita otras caligrafías, míralos leyéndolos, fíjate en sus caras.

¿Estás con Pedro Páramo? Mira a los ojos de la gente del Círculo de la Amistad, pregúntate si están muertos o alguna vez estuvieron vivos. El peso de la tierra y los fantasmas parecen flotar entre los patios llenos de geranios y las plazas empedradas. El detalle es si dejan sombras. Visita los cementerios, mira nombres, los años que vivieron, caras antiguas e imagina sus vidas.

Lee a Cela y busca personas sin nombre, en cafeterías como las de la Plaza de las Tendillas, tomando algo sin mirarse, como hormigas. Fíjate en lo que no se dice, en lo que se calla, mide silencios si estás entretenido leyendo a Carmen Martín Gaite. Busca personas tomando el café a solas, a parejas que no se hablen o a abuelos que ya hablaron todo lo que tenían que hablar.

¿Miras tu casa fría, con muebles desgastados y bostezos largos, casi eternos? ¿Te cuentan algo de tu infancia? Pues vas y lees a Elena Garro, y empiezas a mezclar memoria y olvido, familia y fantasía. Mira por las ventanas, por las puertas, o entra al patio e intenta observar sus rutinas.

¿Sigues leyendo a Sabato? Que tus días se vuelvan obsesivos, una búsqueda debajo de objetos que esconden cosas aún peores. Habla lento, cada palabra tiene su peso, su personalidad si estás leyendo a Onetti, e inventa otra vida, suspéndela, posponla... Quizá sea más real que la que vives. Desconfía de lo que veas, de lo que te digan; revisa que todo no sea una copia de algo, que no esté repetido cuando estés con Bioy Casares. Devora *Oficio de tinieblas* de Rosario Castellanos cuando sientas rabia y mira si las mujeres que te rodean guardan heridas secretas de las que nunca hablan...

Podría estar así, enumerando, una vida entera, una vida leída. Porque hay quien vive lo que le toca... y hay quien vive lo que lee.

Te envío, además del libro de poesías que ya te prometí —perdona el estado, pero es la única copia que tenemos por aquí—, una novela recién publicada, regalo que recibí hace solo unos meses. Te la hago tuya desde este momento: *Conversación en la Catedral*. No te cuento por qué lo he elegido, seguro que sabrás valorar la historia por ti misma. No te voy a poner a dieta, no te preocupes. Como lo pediste, esperando que al autor no le desagrade, he incluido una dedicatoria breve en una hoja aparte, para que, en caso de que decidas desprenderte del libro, no pierda su valor.

Mil besos,
ALBERTO O

Córdoba, 8 de octubre de 1971

Aline:

Imagino que la demora entre las anteriores cartas ha hecho que hayamos perdido la costumbre de escribirnos. Quiero entender que, con los meses, seremos capaces de reconducir el vínculo creado desde años atrás. Hay algo en el acto de recibir una carta que me llena de alegría y expectación; con intriga y lleno de nervios. Desde pequeño, he sido un apasionado de la correspondencia; tanto que he escrito cartas a personas que nunca me escribieron, a quienes nunca llegué a conocer, y siempre he disfrutado de las palabras escritas a mano, los sellos y las direcciones de lugares lejanos, valorando especialmente a aquellos que no me sonaban, de los que nunca hubiera oído nombrar. Buscar dedicatorias en los libros de segunda mano que nos llegan, restos de los anteriores dueños, e imaginar por qué los tuvieron que vender.

Cada vez que veo un sobre tuyo en mi buzón, cada vez que he decidido dónde leerla, cada vez que he pensado si reservarla para otro día o abrirla al instante, he sentido una emoción fácil de confundir que me recorre el cuerpo, chispas que son capaces de hacerme reaccionar en los amarillentos días.

Por eso, cada vez que he tenido la oportunidad, he seleccionado un lugar especial para leer tus cartas. En Córdoba, como seguro recuerdas, hay muchos rincones esperando ser descubiertos, alejados unos metros del resto, donde sentarse y sumergirse en la lectura de tus cartas. Uno de mis favoritos es la plaza de Séneca, con esa forma de cubrir el suelo con chinos para que las tardes de nuestros eternos veranos se puedan regar sin que se formen charcos, y con un banco de piedra junto a una fuente. Allí, bajo dos cipreses, que solo se necesitan el uno al otro para darse sombra, y el sonido del agua, siento, durante solo unos minutos y, a veces, solo segundos, que nada tengo, que todo me sobra, y puedo concentrarme en cada palabra que escribieron para mí, porque a diferencia de los libros nuevos, los que ya tienen dueño, las cartas están escritas para mí.

Si no quiero ver gente, subo a la azotea de mi casa, para envidia de mis vecinos que no tienen, llena de sábanas blancas que se secan sin que nadie pueda impedirlo, con una vista panorámica desde donde puedo ver el campo donde la ciudad se diluye y unas leves colinas cortan el horizonte haciéndolo curvo, dándole algo de verde al azul. Allí me siento como un rey observando el mundo desde lo alto, mientras leo las noticias e imagino saludos de mis plebeyos y siempre la lectura de tus cartas se convierte en un momento de tranquilidad y reflexión, un respiro en el ajetreo de la vida cotidiana, para terminar doblándolas con cuidado y guardarlas en una caja de cartón de unos zapatones negros ya muy remendados, debajo de mi cama, donde, poco a poco, voy agregando un tesoro más a mi colección de recuerdos y emociones.

¿Has leído el libro que te mandé? Me he estado acordando de ese personaje tan pesimista que, como nosotros, vive bajo un régimen militar, bajo la batuta de un dictador. ¿Existen otras formas de vivir? Eso me lo pregunto ahora que los coches, el turismo y los televisores abundan; a mí no se me olvida que mis tripas rugieron durante años. Me quedan tan lejos tanto Perú como las clases altas. Envidio que el protagonista haya ido a la universidad, la Universidad de San Marcos, si no me equivoco, que sepa entender el mundo mejor que yo. Un mundo mucho más amplio que el mío y, a todas luces, más interesante que mis cuatro calles.

He dibujado en una cuartilla sucia y algo desgastada por los bordes esas cuatro calles que forman mi día a día para que te sirvan de guía de viajes cuando decidas hacernos una visita, cuando decidas poner fin a las incertidumbres que nublan tu infancia. Empecé por mi calle, San Fernando para los que vienen de fuera, la calle de la Feria para nosotros, la cual cruza el mapa a modo de río.

Como buena ciudad medieval, la mía también lo es, aunque sea bastante menuda, debe llevar muros que la protejan. En un meandro de mi particular río dibujé la estrecha y destartalada casa donde vivimos, también marqué las escaleras angostas que a mi madre ya le cuesta subir; las mismas que se usan para subir a los torreones de un castillo que necesita ser custodiado. Todos los vasallos necesitan comer y beber. Mi ciudad, tan pequeña y recogida, está llena de posadas. Dejaré sin marcar la única que tiene un poco de lustre, ya que sale en El Quijote, la del Potro, para señalar las tabernas donde merece la pena pararse a comer y beber algo. En cada una marco la especialidad de cada casa, pocas, porque están mucho más preocupados por el vino que por la comida en sí: rabo de toro, garbanzos con espinacas, callos, salmorejo, bacalao, japuta en adobo o boquerones fritos y carne con tomate. Si no tienen cocina siempre hay latas de conservas que pueden aliviar. Como en toda ciudad histórica que se precie, recuerda que la mía tiene ya casi veintidós años, tiene elementos que visitar. No te preocupes, que no te he señalado los que los turistas visitan, esos ya los conoces. Te marco tres, la fuente de la calle de la Feria, donde cada día, obligatoriamente, bebo agua; el estudio de pintura de mi vecino Miguel, donde puedes encontrar ángeles con cara femenina como tantas veces plasmaron a nuestro arcángel san Rafael durante siglos, y ojos enormes, y, por último, una esquina, un poco más cerca del compás de San Francisco, en el Huerto de San Pedro el Real, donde cantan los gitanos por soleás, alegrías, fandangos y tangos hasta que se acaba el vino.

Aún no hemos podido solucionar qué pasará con la librería, pero el río hace mucho que no se ha desbordado aunque yo no dejo de vigilar el caudal cada tarde. Existe ahora mismo un pacto implícito de no hablar del tema y otro, que me cuesta mucho más cumplir, en el que me salgo de la librería al parecer su hijo, siempre trajeado y con prisas, oliendo a alcohol y sudor, con gestos desagradables y escupiendo en el suelo. Yo, libro en mano, espero a que la librería se vuelva a quedar para nosotros. Solo intento quedarme cerca, tan cerca que pueda verlos por el gran ventanal y, en ocasiones, en el escalón de un portal cercano, que tiene suficiente tamaño para ser cómodo. En cuanto lo oigo salir, es incapaz de andar sin hacer ruido, me levanto e intento leer en su cara qué tal ha ido la conversación de ese hijo que no quiere entender la suerte que tiene. Antes, cuando venía, me quedaba dentro, solo nos ignorábamos como dos países no beligerantes, cada uno apoyando secretamente a su bando. No quiero que me imagines hastiado o fatigado, aunque mi carta te dé a entender que no paso por los mejores momentos. He empezado a imaginar cómo serán las heladas que caen en el campo mientras vareas a los olivos y ves caer aceitunas con los dedos entumecidos.

Las cosas deberían seguir organizándose como antes; me refiero a que cada calle debería llevar el nombre de los locales que en ellas se concentran. Ese sería el único aspecto que mantendría intacto, el resto, ¡que vuele por los aires! Así que, siguiendo esta lógica, la librería está en la calle que le corresponde: la calle Librerías. Carlos me cuenta, cuando vuelve por la tarde de la taberna, alguna anécdota de su juventud. De esa época, que era un jolgorio, solo quedan algunas imprentas como la que edita los carteles de las corridas de toros, pero la calle está de capa caída y lo que era una floreciente arteria comercial ha pasado a ser una lúgubre, arrinconada y casi olvidada calle cerca del centro, que además, es cuesta arriba. Y, otras, cuesta abajo.

Si vieras la librería por primera vez, si te la encontraras por casualidad, sin que nadie te avisara de lo que te espera, te parecería desordenada, a medio hacer o dejada de hacer, que viene a ser lo mismo. Las estanterías de madera noble no saben dónde tienen que terminar y dónde se les ha dicho que deben comenzar las siguientes. Los libros tienen que preocuparse por buscar un sitio lo suficientemente cómodo para aguantar, en algunas ocasiones, años con nosotros. Por días creo que Carlos quiso ser anticuario, uno típico con muecas agrias y arrugas refractarias, pero llegó la guerra, e hizo lo que pudo con los libros que se iban soltando, que se cambiaban por comida. De hecho, tiende a confundir establecimientos de cuando era niño, los solapa y nombra algunos que debieron haber en su niñez. Debe ser el hambre, el que pasó ávido de cultura. Eso sí, espero que no coincidas con el fanfarrón engominado de su hijo que solo sabe mirar con altivez y proclama, a quien quiera escucharlo, que él no necesita leer tanto libro de personas muertas, como si la estupidez fuera un halago.

He pensado que sería mejor viajar en la primavera, a finales de mayo, cuando la alergia, como la sufre tu padre, me impida dar la mayoría de los paseos que, a media tarde, me gusta dar, mirando siempre los colores arenosos del río y comparándolos con como creo que deben ser los azulados de un mar, uno pequeño, cercano, como el Mediterráneo al que no le hace falta ser océano. Quiero que me guste ver el mar, aunque siga odiando la arena de la playa.

Ayer tuve la valentía de contar a mi madre los planes de visitar París mientras comíamos un salchichón que la tía Curra nos hizo llegar. Mi tía pequeña confecciona chaquetas de traje de caballero que se venden en una sastrería céntrica, cercana al Ayuntamiento. Cortaba el manjar sin apoyarlo en ninguna madera de la cocina, navaja bien afilada en mano, debajo de la enagüilla, intentando que el brasero caldeara la tibia. A mitad de la conversación, que con tanta delicadeza e ilusión intentaba compartir, mi madre se sintió mareada, indispuesta. La llevé a su cama, donde la dejé no sin muchos quejidos, bufidos acerca de lo mal que le estaba sentando la cena, y alterada al saber que estoy ahorrando cuando el piso necesita tantas reformas, que pasó enseguida a enumerar de corrido. Mi madre posee tanta energía en un cuerpo menudo, que entiendo que cada día ande haciendo y deshaciendo planes como medio para dejar caer tal cantidad de energía por las suelas de los zapatos.

También discutimos, como cada noche en los últimos meses, porque quiero ver más allá de las macetas de geranios que cuelgan en las paredes de las casas. Luego de cenar, ya en su cuarto, volvimos a discutir, esta vez sin remilgos. Dije cosas que, por escrito, nunca hubiera dicho. ¿Esa es la señal de que no debes decir lo que la lengua se apresura en soltar? A la mañana, se despertó quejándose de un dolor general, por más que preguntaba qué parte le dolía no era capaz de especificar y se tocaba el pecho aduciendo que era constante.

¿Por qué no podemos cambiar aquellos reproches que tuve esa noche cenando por palabras cariñosas y dulces?

Necesito un empujón y hacer las paces con mi madre. Hacerla entender que necesito ver más, no sentirme inútil, y sobre todo, que ella no me lo haga sentir. Entiendo lo que soy para ella, entiendo que necesita que la cuiden, entiendo la soledad, la suya y la mía, aunque estemos rodeados. Así que, por favor, organizaremos ya ese viaje a París.

Abrazos,
ALBERTO O

Querido librero:

¡Cómo pasa el tiempo! ¡Y qué alegría ha sido descubrir que tenía correspondencia tuya!

Hace unos días fui a mi pequeño piso que solía compartir para recoger un mueble que en su momento tuve que dejar allí y me entregaron las cartas que en este año me habían llegado y, mira tú, estaban las tuyas. Me mudé por un incidente que ahora no viene al caso. Siempre que recibo una carta tuya me siento cerca de mi padre, de mi infancia. Y sí, efectivamente, tengo ganas de comprobar qué queda de ella. Hay aspectos que no sé si son soñados, si de verdad existen esas calles donde nunca da el sol, si el río no tiene color azul y lo que más me pregunto, si la noria del río hace ruido al girar.

Eso sí, tengo que confesar que había perdido el hilo de nuestra conversación. Tampoco imaginaba que una petición iba a suponer tantos años de escribirnos cartas. Y que me haría tanta ilusión recibirlas; la última vez que leí una tuya fue hace ya más de un año. ¡Cómo pasa el tiempo! No te vuelvas más melancólico, querido librero, pena que no pueda poner por escrito la cara sonriente que tengo en este momento. He reunido todas las cartas, las he amontonado junto a mi nueva mesa de nogal muy usada, que acabo de arreglar, barnizar y pintar, me he servido vino en copa grande, de cristal amarillento, me he encendido un pitillo y me he puesto al día antes de empezar a escribirte.

Lo único que tengo que reprocharte es que el libro que nombras no estaba entre los paquetes que me han guardado mis queridísimos excompañeros de piso. Cuando vuelva, ya que me quedan algunas cosas más por recoger, les preguntaré por si acaso han aprovechado estos meses para leer mi libro (espero que no estés intentando hacer conmigo una dieta literaria como te hicieron a ti, porque te estoy pillando la trampa). Obviamente, tampoco tengo el libro de poemas, el del juego literario que no gané, al que me rendí enseguida pero que tantas ganas tuve de tener.

Intuyo que querrás seguir viniendo a conocer tu idealizada París (estás más que invitado, no hace falta que te lo repita en cada carta… o que tenga que ir yo a por ti). Déjame que te descubra a mi endiosado Claude Pélieu, ese poeta que busca los márgenes, medio apátrida como yo (¿o acaso te crees que eres el único que tiene ídolos literarios?) para que te vayas acostumbrando a los poetas parisinos aunque, desde que se mudó hace unos años a Estados Unidos, le he perdido la pista.

Lo disfruto sin miedo, solo encontrando en sus palabras lo que quiero entender. No tengo por qué preocuparme si lo que leo es lo correcto, si comprenderé lo que el poeta quiso decir. La lengua va más rápida que mis dedos al escribir, debe ser efecto del tinto, y me atrevo a traducirlo: «Marea baja/palabras libres/espacios y gestos/rayo rojo y negro». (No te quejarás, te lo estoy poniendo todo bien mascado para que no tengas que apuntarte también a clases de francés).

Ya ves. Que así dichas, así escritas, pueden decirte poco. Tú, que quieres ver el mar (eso te lo acabo de leer hace unos minutos, mi memoria no da para tanto), podrías estar mirándolo mientras se va despidiendo en una marea baja, sin sospechar que volverá a la tierra; solo tienes que seguir mirando.

Es curioso leer algo que ya lleva escrito para mí hace tanto tiempo y que yo sea la única capaz de encontrarle el significado. Mira, lee tú también, ponte a una dieta poética, que no todo son novelas:

«¿Qué pasa con el otro lado de la parte delantera de la real?
¿Qué decir frente a los arbustos cubiertos de nieve?
¿Qué decirle a los frutos rojos rebozados en helado?
¿Qué decir cuando el viento del norte sopla en ráfagas?».

El vino me está subiendo, a una velocidad endiablada, así que intuyo que debo dejar la carta aquí. Prometo retomar el envío de cartas con cierta asiduidad. Además, tengo una vieja máquina de escribir comprada en un mercadillo con la que estoy disfrutando mucho, espero que no te moleste que ya no vayan con mi caligrafiada letra.

Tengo que contarte donde me he mudado, el poco éxito que está teniendo el último estreno de la primera obra que he dirigido, la última litografía que me he comprado en los quioscos del Sena que huelen, también, a dulce marea baja, y que me acompañan antes de dormir cada día. No quiero terminar la carta, me está costando despedirme y el vino empieza a hablar por mí, te invito a que sigas con tus planes de visitarme en cuanto la salud de tu madre lo permita.

P. D.: Mi padre está empeñado en que estas Navidades las pasemos en Córdoba, que sea yo quien me desplace en los días que paramos los ensayos. Aprovecharemos mi visita para ver *Mi querida señorita* que, por lo visto, está arrasando en taquilla. Ya le he contado las dificultades que eso supone, porque mi vida, la de una actriz de teatro, no tiene horarios, ni unas rutinas fijas, pero *a priori* no me parece mala idea.

Quizá, y aunque la mansa tarde impida imaginar el frío del invierno recién estrenado en Córdoba en diciembre y me parezca un poco locura separarme de mi vida unas semanas, algo dentro de mí me dice que debo ir. Te lo iré confirmando en las siguientes cartas. Eso, si quieres que nos sigamos escribiendo, aunque me haya demorado tanto en responderte, querido librero.

Tendré que adivinar dónde queda tu librería (¿no esperarás que me ponga a buscarla como una damisela en apuros?).

Por cierto, ¿cómo es que finges que te gusta el fútbol? Eso me lo tienes que explicar con calma.

Besos,
ALINE

No se podía quedar esperando noticias de su padre. Conocía el itinerario de sus paseos matutinos. Solo era cuestión de seguirlo hasta encontrarlo. Volvió a preparar el cochecito, metió un potito —arroz con pollo— y añadió dos termos: uno con agua fría y otro con agua caliente. Debía tener una rueda enganchada, porque le costaba maniobrar. Esa misma mañana iba en perfectas condiciones.

La primera parada fue en la cafetería de la esquina, a pocos metros, la única de la zona, donde su padre solía pedir un café solo, sin azúcar. No le gustaba tanto como las tabernas de su antiguo barrio; decía que eran todas iguales y que los taberneros —como seguía llamando a los camareros— eran demasiado agradables. Así se lo hacía saber a quien se fuera encontrando. De pequeña, en aquellas tabernas, Helena recordaba esperarlo en la acera, jugando con las naranjas, evitando que rodaran hacia la calzada o calle abajo. Mientras, él se demoraba dentro: a veces con el periódico, a veces solo mirando a los demás. Otras, cuando más se le iluminaba la cara, lo veía escribir.

—¿Hoy? No lo he visto —dijo el camarero, sin necesidad de que ella preguntara.

—¿Y ayer?

—No me fijé. No suele hablar mucho.

Helena asintió. Siempre lo hacía. Desde allí cruzó la calle hasta un pequeño parque infantil. No era un parque, en realidad. Solo tres bancos, un árbol en el centro, algo abandonado. Por la tarde solía haber familias; ahora solo estaban dos señores mayores jugando a la petanca en un terreno improvisado.

Su padre solía sentarse allí después del café, justo en el banco donde el sol le hacía sombra, el de más a la izquierda. Miraba a los perros, hablaba poco. A veces, ni eso.

—Hoy no se sentó —le dijo uno de los hombres—. Ni ayer. A mí me sirve de reloj. Cuando él pasa, sé que ya es hora de volver a casa antes de que me riñan.

Empujó el cochecito con más fuerza. Como si avanzar fuera lo único que debiera hacer. Mezcló un poco de cada uno de los termos, comprobó la temperatura, echó leche en polvo y lo removió de derecha a izquierda para que no se crearan grumos. El bebé estaba calmado; todavía lo llevaba de cara, y la combinación de tomar biberón y verle la cara a su madre lo facilitaba. Ya había localizado el problema: la rueda derecha se trababa a ratos. Pensó en su padre arreglándola. No era muy mañoso, pero bastante insistente. Llevaban una temporada en la que no hablaban demasiado. Había una forma de estar, de ayudar sin decir. De no preguntar, pero hacerse notar.

La panadería estaba al final de la avenida de la Arruzafa. Aprovecharía para pasar por el supermercado que quedaba de camino, por si acaso. Le gustaba —costumbre también de su padre— ir mirando las casas, los chalets, los árboles de la entrada, el tipo de puerta y, sobre todo, el nombre de las calles que se iba encontrando. Se fijó en que la guardería donde pensaba llevar al bebé en septiembre estaba cerrada, sin atisbo de movimiento.

A él le gustaba la típica telera cordobesa, solía decir. A veces llevaba dos, por si hacía salmorejo. Siempre decía que era el mejor tipo de pan: la corteza se mantiene seca, pero el interior tiene una miga muy densa, con una pizca de humedad. Y, por supuesto, recalcaba que un salmorejo nunca tiene que saber a pan, que el sabor se lo tienen que dar el tomate y el aceite de oliva.

—Hoy no ha pasado. Y mira que siempre llega antes de las doce. Se lleva su viena, se queja un poco del precio y se va.

—¿Se queja?

—Con una media sonrisa. No es que se queje, en realidad. Es como si dijera lo que se espera que diga. Otras veces es una sonrisa, casi picarona, que termina con un guiño.

Helena sonrió también. Sabía de qué hablaba. Su padre era así. La siguiente parada era la pequeña tienda de conveniencia del centro comercial. Agradecía su tamaño: ni siquiera tenía que entrar al complejo. Su padre compraba el periódico cada día, aunque leyera solo los titulares y el crucigrama. «A los libros y las personas hay que sostenerlas en las manos para que perduren con nosotros», decía.

—Hoy no —dijo la mujer, casi sin levantar la vista mientras atendía—. Me pareció raro. Siempre viene. Ayer estuvo un rato más de lo normal.

—¿Dijo algo?

—No. Se quedó mirando una portada, la abrió, la ojeó y volvió a soltarla. Bromeamos entre nosotros: alguna noticia no debió gustarle, o parecía como si esperara encontrar a alguien conocido. Nos extrañó porque lleva meses haciendo la misma rutina, eligiendo el mismo periódico y pagando con monedas pequeñas.

Helena no insistió. Agradeció y siguió. No se llevó el periódico, eso lo sabía. Ayer se quejó por algo que no llegó a entender, que ella no quiso escuchar.

La acera se estrechaba en esa parte del barrio. Tenía que levantar el cochecito para no rozar los retrovisores de los coches mal aparcados. Se agachó para taparle las piernas con la manta ligera, regalo de su madrina en el bautizo, con su nombre bordado en tonos azules. Lo único que pedía era que la ropa no fuera siempre rosa. La rueda volvió a trabarse. Tuvo que empujar tan fuerte que le empezó a costar.

La farmacia quedaba a mitad de la avenida, solo a unos minutos de donde estaba. A veces su padre entraba solo para pesarse, sin comprar nada.

—Hoy no ha venido —dijo el farmacéutico—. Y tenía una receta para renovar. Me dijo que no se le olvidaría.

—¿Para qué era?

—Tensión. Nada grave... No sé si debería comentarte algo.

—Lo que sea. Lleva toda la mañana fuera de casa y ya no sé por dónde buscarlo

—Hace unos días nos pidió consejo, cómo decirlo... para atajar un problema de disfunción eréctil. Obviamente, le recomendamos que primero lo evaluara un médico. Solo contestó que no tenía tiempo para los médicos.

Sabía que había algo de vanidad en ese gesto. Su padre no confiaba en los médicos, pero sí en las rutinas. Nunca se habría imaginado a su padre, ese gruñón, pidiendo medicación de ese tipo. Conseguía que se hiciera la revisión anual porque empezó a entender que iba a ser algo rutinario. Había algo que se le estaba escapando, algo que le costaba entender de estos últimos días. Era su forma de control: la pastilla diaria, el paseo de las mañanas, la conversación justa. Lo había hecho durante años. Como si hacer las mismas cosas lo protegiera de no saber qué hacer con lo demás. Pero que intentara comprar Viagra la descuadró del todo.

Se acordó de que tenía su viejo coche en el taller, con el que fardaba de haber vuelto desde Madrid él solo, una hazaña que consideraba digna de recordar a menudo. Calculó el tiempo y decidió que merecía la pena pasarse por allí. No por nada en particular. Solo porque, a veces, su padre se detenía a charlar con el dueño, ya pasados los sesenta, del mismo pueblo que su madre.

—¿Tu padre? —preguntó alzando la cara, salpicada de grasa—. Nada. Desde el martes no lo veo. Solía venir, aunque fuera solo a ver qué estaba arreglando. Se quedaba en silencio, pero observaba con tanta atención, tan fascinado, que parecía que quisiera aprender. Ahora tenía excusa, su coche estaba aquí. Así que estuvo unos días viniendo a diario.

Helena sonrió, pero esta vez con una grieta.

¿Dijo algo la última vez?

—Me preguntó cómo era tener un trabajo donde las cosas rotas se podían reparar. Y que él también tenía que arreglar algo.

Helena bajó la mirada. Volvió a empujar el cochecito. Ya se le acabaron los lugares donde buscar. Solo el regreso. Un regreso que no sabía a dónde era. Pensó en su padre, en su manera de estar sin hacer ruido. En las veces que la acompañó al médico cuando era adolescente y no preguntó nada. En cómo le dejaba un sobre con su pensión en los cajones del mueble de la cocina, dinero que no solía tocar y que, salvo dos o tres urgencias, dejaba en el mismo lugar. En cómo había empezado a aprender a cocinar para ayudar en casa. En cómo desde que ya no se valía por sí solo y decidieron que viviría con ellos, salía cada mañana. Como si la rutina lo sujetara por dentro y no fuera capaz de saltársela por miedo a fallarse.

Y ahora, no estaba. Una ruptura mínima en la línea recta de sus costumbres. No había ido al bar, ni al parque, ni a por el pan, ni al quiosco, ni a la farmacia, ni al taller. No había pasado por donde pasaba siempre. Y eso, viniendo de él, era una forma de desaparición. Una pequeña renuncia.

Un movimiento invisible. Una grieta en el hilo fino de los días que les contamos a los demás.

Justo al abrir la puerta de su casa, al subir el carrito para salvar el escalón, la rueda delantera derecha se salió y rodó unos metros hasta chocar contra la pared.

Giró sobre sí misma unos segundos, hasta que se posó sobre el suelo.

Helena no reaccionó. Solo se quedó mirándola.

Córdoba, 6 de diciembre de 1972

Aline:

Ya pasó. Hace unas semanas, justo antes del cierre, Carlos habló conmigo. Como se le habla a un hijo al que sabes que has decepcionado, con su mano en el corazón, el labio tembloroso, la boca seca y mirándome, a ratos, a los ojos. Con ese soniquete que suena tanto a tabla de multiplicar como a rezar un padrenuestro.

No me dijo las típicas frases de «tenemos que hablar», ni me pidió que me sentara para calmarme. Solo exigió que dejara, por un momento, el libro que leía. Siempre aprovecho el espacio que queda entre que hemos cerrado la librería y él recoge sus cosas, lento, sin prisa, con una parsimonia que delata que nadie lo espera y que no tiene apetencia por cenar, para leer un rato.

Me susurra, me dice que me acerque. Me da unos libros para sostener. Me cuenta, muy serio pero tranquilo, que quiere jubilarse. Se queja de achaques físicos, de pesadez, de sueño. Sigue contándome, cambia de táctica. Ahora dice que la librería es una amante exigente. Se excusa con el poco porvenir de este tipo de establecimientos. Dice que en la calle Librerías somos, *éramos*, la única que queda, que *quedará*. Ya solo nos acompañan unas pocas imprentas. Por último, las dos razones fundamentales: hay cada vez menos clientes y su hijo, el que viene a menudo a molestar, el que parece que la ciudad es suya, tan repeinando y con su andar chulesco, no quiere ser librero.

Como si yo tuviera la culpa de estas dos razones, le contesté.

No hay quien aguante unas explicaciones que no hemos pedido, eso siempre nos delata. Cuando lo vi tan tranquilo, con ese balbuceo rítmico, sabía que no se avecinaban buenas noticias. Yo lo escuché, solo me quejé al final. Eso sí, estuve toda la conversación con el puño cerrado, apretando todo lo que podía e intentando hacerme daño por no saber gestionar un dolor que tampoco has pedido, y vender cara mi derrota.

Me derrumbé y lloré, bajito como un bebé, sonando a quejidos, pidiendo atención. Y le grité, por primera vez y pido que por última, que para qué me ha tenido cinco años aquí para luego darme la patada. No contestó y eso me sentó aún peor. Tiré toda la pila de libros y le pregunté si ya iba a reaccionar. Lo odié, tanto como envidio y odio a su hijo, que no sabe valorar ni al padre ni a la oportunidad que tiene. Solo fue capaz de mover la cabeza, de gritar no, no es así. Y me salí de allí, a sabiendas de que es el único sitio donde he sido feliz y preguntándome por mi desdicha.

¿Para qué me quedé aquí, para pasear a una madre cada vez más malhumorada, para eso es lo único que sirvo?

Quiso que no fuera una despedida tan brusca, lo creo desde aquí, cuando el tiempo que ha transcurrido en estas largas cuatro semanas me va haciendo perder los detalles. Donde el olor ya no se mezcla con el polvo con las hojas manoseadas; donde el olor delicioso a rancio, a anticuado, a librería de viejos se va olvidando.

Me dijo: «Anda, llévate el que estás leyendo, sigue con tu dieta, terminemos con ella, solo tengo pensado dos o tres más para ti».

Aquí, donde ya nada tiene olor.

Miré el libro, sabiendo que también me despedía de él. Le solté, de repente, que no me interesaban las historias de sacerdotes que deben servir a señores, que no creía en meigas, ni caciques, ni me apetecía seguir leyendo sobre los celos que levantan los gaiteros.

Sin mirar atrás, di un portazo, menos fuerte de lo que me hubiera gustado pero no quería romper nada, y me fui, sin cenar, casi sin atender a madre, quien no dejaba de llamarme, a la cama. Me quedé sin el libro, por bocazas. ¿Cómo haré ahora para saber cómo continúa la historia?

He pasado dos o tres veces por delante de la librería, siempre cuando cae la tarde y las farolas empiezan a dudar si deben encenderse ya. Se va notando, por la cantidad de cartas sin abrir que se están acumulando en el suelo, que lleva semanas cerrada.

¿No tendrá tu padre una copia de *Los pazos de Ulloa*?

Miro mi estantería mientras escribo, con tantos huecos y, a la vez, con tantas ganas de que sean ocupados por novelas. ¿Dónde van ahora los libros que la gente ya no quiere? Observo y siempre pienso que podría haber otro más, ese primer libro que conseguí comprar, pero no, ese decidí enviártelo y se perdió por el camino. Me pediste que lo dedicara y así lo hice, pero no quise estropearlo con mi letra tan caligráfica. Puse una dedicatoria en una pequeña cuartilla sobrante. ¿La habrán tirado también?

Hay días que mamá está melancólica, lo noto porque empieza a hablar de su infancia en La Carlota y de sus primeros años aquí, con mis abuelos. Yo la escucho, las historias se van repitiendo y te las terminas aprendiendo. A veces confunde fechas y personas. Otras parece que las anécdotas no las vivió ella.

Quiero comprar un coche, quizá un Seat 600, y así poder llevarla a La Carlota. Mientras tanto ideé un plan de tarde de domingo para después de fútbol. Los cosarios llegan sobre las ocho, trayendo personas y bultos, cerca del bar Novella, por San Pablo. Lo descubrí una tarde de paseo. Si no venía nadie conocido de su pueblo de vuelta, al menos podríamos comprar algún chorizo carloteño o roscas del santo. Cuando no hay nadie conocido, a veces nos quedamos un rato.

A ver, el tono y el acento es casi el mismo, solo son unos treinta kilómetros de distancia, pero en cuanto oye algún deje o alguna palabra en particular, se le cambia el rostro y, te das cuenta, de que pocas cosas complacen más que ver a tu madre sonreír. Parece que crece, más viva, más suelta en cuanto nos acercamos al bar, incluso no quiere que la lleve del brazo. Casi nunca reconoce a nadie, eso sí, siempre pregunta por los Chofles o por los Ots. Sí, suena alemán, pero esa historia te la dejo para otro día.

Con uno de ellos, Jesús, ha hecho buenas migas. Lleva siempre la camisa abierta, la frente sudada y las uñas sucias. Debe tener una hija por aquí, a la que no ve o no la dejan ver, porque le va dando a mi madre chucherías que el lunes tiene que entregar. Yo le he intentado preguntar, pero dice que eso son cosas de piratas. Le intento explicar que se llaman «cosarios», sin «r». Dice que así le hace más gracia, que son unos piratas que saquean barcos en La Carlota y traen la mercancía aquí y que, ella de marineros controla mucho.

66

Con los meses, consiguió llevar encargos para los vecinos. Va durante toda la semana comprando y vendiendo lo que va recogiendo los domingos. La vuelta a casa siempre es más rápida que la ida. Yo pensaba que era porque es cuesta abajo, ahora creo que es porque pesa menos al haber vaciado su soledad en el bar. Esas noches siempre duerme mejor, será que nunca se duerme igual de bien que cuando eres niño.

Le sigo dando vueltas a mi libro en inglés, en definitiva la historia sigue viva hasta que el libro se estropee tanto que nadie sea capaz de leerlo. Si se pierde un libro y alguien lo encuentra para ponerlo en su librería, quizá con muchos más para que conversen entre ellos, no tiene por qué terminar la historia nunca, ya que otros libros sabrán hablar de ella. Solo tengo el tuyo de Hemingway, que, aunque avanzo en las clases, donde me esfuerzo, no consigo entender nada. La profesora, con su acento peculiar, me pide paciencia, que no me frustre, y cada vez que me exige tiempo, más me angustio por saber cuándo llegará ese momento en que no solo pueda leer en español.

Si voy a verte, que iré, ¿seré capaz de hacerme entender? Me consta que se está dejando de enseñar francés en los colegios, en favor del inglés. Debe ser por las canciones tan pegadizas que no dejan de sonar en la radio, la razón de que hayamos cambiado el idioma de un país vecino por otro más lejano.

¿Si ya me cuesta llegar a París, cómo será ir más allá? Cuando pongo la radio, muy baja para que no moleste a mamá antes de dormir, me engancha el número uno del programa *Los 40 Principales*, la canción de Joe Cocker que suena ahora, con ese estilo tan peculiar y diferente a lo que suele sonar por aquí, tanto que me hace acompañar la música con un leve movimiento del pie. No te dejes impresionar por cómo he escrito el nombre del cantante, pedí ayuda a mi profesora. Se queja de que cada vez parezco más cansado, más distraído y aburrido en las clases. Yo callo porque sé que no solo lo parezco.

Me gustaría idealizar la situación, contarte que me despierto con el sonido del canto de los gorriones y, aun cuando el sol no ha salido ya me encuentro levantándome; lavándome la cara con agua fría para comenzar mi día, con un desayuno de pan recién hecho y aceite tan fresco que mantiene aún su color verdoso espeso. La mayoría de las mañanas salgo tan deprisa que solo como algún resto que sobra de la cena. No ha habido ni un solo día en que mi madre no se vanagloriara de que ahora, recogiendo aceitunas, estoy donde me corresponde, que ese es mi sitio, no entre libros que no entiendo, que ella los entiende aún menos.

Parece que mi madre se alegra de verme tan cansado cada día; no deja de repetirme en las cenas que ese es mi sitio, y no en una librería. Y yo no entiendo que prefiera este cansado jornalero a un librero orgulloso.

Soy un joven jornalero que trabaja en un campo de olivos en Baena y que cada mañana se levanta temprano para recolectar aceitunas antes de que el sol comience a calentar, intentando que no se avergüence cuando me vea. El trabajo es duro, agotador. Sé que tengo que seguir adelante, que soy afortunado, me lo repito constantemente; tengo que trabajar en el campo, aunque suponga un esfuerzo titánico y sea tan austero; siempre se puede encontrar belleza en él, como dijo tu poeta.

A mí, a quien se le llenan las manos de dedos y los dedos de manos, nunca se me va a dar bien recoger aceitunas.

A medida que el sol va subiendo, el ritmo de la recolección se acelera, voy entrando en calor, se oyen risas, se acumulan los chistes y los chismes, alguien saca algo para comer medio a escondidas de los capataces, a los que dudo que les importase que la situación dejase de ser tan clandestina. Los olivos se van quedando sin frutos, les puedo ver el tronco plateado y la cesta se va llenando cada vez más, se despojan de sus hojas, quedan desnudas, hasta que te parecen tan enclenques que empiezas a olvidar que son un ejemplo de resistencia y eternidad.

Y, desde aquí, miro al campo tan ordenado en infinitas hileras de olivos y admito que mientras existan yo tendré porvenir y seré solo eso, un jornalero que recoge aceitunas con piel cuarteada y que sueña con volver a leer.

Lo bueno es que cada vez quedan menos días para Nochebuena; lo malo es que no consigo localizar a tu padre. Quiero saber si vienes, hay ciertos rincones que me gustaría enseñarte. Lo pienso a menudo y creo que prefiero que no hubieras pasado la infancia aquí, así sería yo quien te hiciera descubrir la ciudad moldeando tu forma de entenderla a lo que yo veo. Somos lo que las ciudades quieren que sintamos; si no, empezaremos a pensar que no pertenecemos a ningún lugar.

Voy a complacerte. Desde tu proposición acerca de mi nueva «dieta poética», me esforcé en tomar nota de las líneas que se encontraban en tu última carta. Debo mencionar que el proceso más sencillo ha sido conversar con Juan Bernier, quien comparte pueblo de origen con mamá. Me ha contado que es maestro y, además, un poeta que pertenece a una tertulia literaria que publica unos cuadernillos bajo el título de *Cántico*.

Me proporcionó algunas obras de sus coetáneos, alentándome a participar en algún encuentro que organizan en lugares recónditos, con carteles de corridas de toros, vino refinado y trofeos de toros.

Te aseguro que tomé nota: extraje de la biblioteca los libros que me recomendó, para desesperarme con ese poema de San Juan de la Cruz al que hacen referencia y confundirme con ese libro de poemas de Jorge Guillén.

¿Lo disfruté? Menos de lo que me hubiera gustado, menos de lo que esperaba, pero no me desanimo porque ¿qué pasa al principio cuando te pones a dieta? Que lo pasas fatal, que te duelen todas las tripas, que no tienes energía y no quieres seguir haciendo algo que te cuesta esfuerzo y en donde no ves los resultados de forma inmediata.

Lo hablé con Juan, prometió presentarme a un tal Pablo, otro poeta, unos diez años más joven; dice que ronda la cincuentena pero sigue igual de jovial y curioso que en su juventud. Me asegura que sabrá reconducir esa situación. Insistiré solo a cambio de que en cuanto pueda y la economía lo permita, leas alguna de las novelas que a mí me impresionaron. Dietas conjuntas, paralelas, que no adelgazan pero que evitan el hambre. Eso sí, si no es compartida, no pienso seguir leyendo versos tan místicos, que bastante tengo con la obligación de asistir a misa los domingos para acompañar a mamá.

Estoy calculando días, mirando la distancia que vamos dejando entre las cartas. ¿Dónde están tus fechas en los encabezados? No me he dado cuenta hasta ahora, con lo cual no sé si llegará antes de venir a visitar a tus padres.

¿Cuándo es Navidad en París?

No me malinterpretes, me refiero que si allí también contáis hasta Reyes, si la cabalgata es la que determina la vuelta a la normalidad. Porque si no es así, hoy es seis de diciembre, mañana llevo esta carta al buzón de correos y tendría que llegar allí antes del veintidós o veinte de diciembre.

Me he cansado de mirar el calendario, de tachar días y de contar hacia delante y hacia atrás.

En fin, he pensado en una posible solución por si no me llega una carta tuya avisando de que estás por Córdoba, y, a sabiendas de que, si llamases a la librería, no habría nadie para responder al teléfono. Con esta idea podré evitar que me plante en la puerta de enfrente esperando que aparezcas.

Imagino que te ha hecho gracia lo del fútbol, a poco que lo intentes puede parecer que eres un entusiasta de cualquier cosa. Lo primero es tener un equipo de los más conocidos en primera división y luego ser del Córdoba, que acaba de bajar a segunda división. Para elegir el equipo miré, hace unas temporadas, en la tabla clasificatoria qué equipo había quedado tercero —no voy a elegir al campeón o al que casi lo consigue—, y me ha tocado ser del Atlético de Madrid. Seguro que me darán muchas alegrías.

Es fundamental que una vez que elijas el equipo nunca te cambies a otro, eso está muy mal visto. Mira, con el fútbol es fácil aunque no entiendas de reglas ni te importe enterarte, con lo difícil que son los fuera de juego. No quiero parecer ni frágil, ni débil. De cada equipo me sé un jugador, el que mete más goles y su entrenador. Ten cuidado con el entrenador porque pueden cambiarlo sin avisar en cualquier momento y pueden darse cuenta.

Lo siguiente es tener frases preparadas del tipo: «fútbol es fútbol», «falta un nueve de referencia» o «nos falta alguien que abra para la banda». Estas frases son indispensables y te valen para los chascarrillos de bar en el día a día.

La prueba, lo difícil, son los días de partidos, ahí tienes que estar pendiente de más detalles. Te los voy enumerando. Primero y principal, fíjate bien dónde tiene que marcar el equipo que estás apoyando y una vez ocurra grita tan fuerte como puedas —asegúrate antes de celebrar que es la portería correcta. Si te hacen alguna pregunta técnica, del tipo «¿Te acuerdas del gol de Zarra?», puedes contestar que no te distraigan y que se concentre en el partido, que aquí se viene a disfrutar, no a charlar.

Prepárate: las primeras veces que empieces a ver los partidos en el bar, te enfrentarás a toda clase de bromas de mal gusto: «Si este no sabe ni del equipo que era su padre» o «Si con lo que le gusta leer seguro que es marica». Desaparecerán en cuanto vean que sabes lo que estás haciendo.

Mira sus reacciones, hay momentos para estar callados, para pedir rondas, para quejarse, para festejar, para llorar, a veces de alegría, para gritar, para abrazarse y todo eso, en solo noventa minutos. Y, por último, si no sabes qué está pasando, si te has despistado, si has ido al baño y no sabes qué decir, échale las culpas al árbitro. En eso van a estar todos de acuerdo, siempre

Te propongo un plan. El viernes veintidós estaremos en la taberna de Castejón. Es una taberna típica de barrio, la única particularidad es que tiene dos entradas, y, por tanto, dos salidas, lo que da cierto juego, al menos a mi abuelo para salir por patas cuando mi abuela Soledad se asomaba, sin querer entrar para no ponerlo en ridículo, para avisarle sobre el arroz y de la hora de subir a casa.

Yo estaré pendiente de verte pasar, por si te da reparo entrar. Ya sabes que, por aquí, las mujeres no suelen entrar solas a las tabernas. Al ser fin de semana, las tardes son más dadas a alargarse y, aunque los días sean aún cortos, los parroquianos van con menos prisa. Si el cocinero está alegre, cosa que es posible y deseable, puede hacer un arroz con conejo sobre las cinco. No tiene pérdida y tu padre la conoce, solo tienes que preguntarle.

Por cierto, la carta avisando que llegas mándala al remitente.

Por si no nos vemos, feliz Navidad.

TELEGRAPH

20 diciembre 1972

¿Cómo que las mujeres no entran en las tabernas? Te espero el día y a la hora indicados.

Querido Lagartijo:

Me va a costar mucho quitarme tu nombre de la cabeza; quizás ya no sea capaz de volver a llamarte Alberto (¿qué tal te suena Alberto, mi Lagartijo?). Miro por la ventana, veo mi calle, la gente con sus vidas, los edificios tan característicos de París, el ruido de fondo de una ciudad que empieza a desacelerar y, sin embargo, mi cabeza sigue allí.

No dejo de hablar de ti, de tus amigos, de la comida, del sol continuo. ¡Ay, mi querido Lagartijo! ¿Qué me has hecho?

Por cierto, ¿a quién se le ocurre poner una vela al torero en lugar de a san Ramón Nonato, patrón de los partos dificultosos, pidiendo por la salud de un recién nacido? ¿Tanto trabajo te costaba distinguirlos en aquella buhardilla, con tan poca luz, o tan urgente era la petición como para no ver la aureola que llevan todos los santos?

En el fondo tiene razón Pablo (¡qué voz, qué manera de hablar, qué cultura!) y eres un caso único. No dejo de reírme cada vez que recuerdo a tus amigos contar la anécdota. Imagino la cara de tu madre cuando por fin pudo subir. Deduzco que tu tía y tu primo estarían dormidos, o quizás en una de sus primeras tomas de leche, o simplemente descansando después de ese parto tan accidentado, tanto como para pedirle a un niño de poco más de seis años que subiera al desván a poner velas a un santo y que se encontrase con que las velas se las había puesto a un antiguo torero. (¿No te gustaría ver por un agujero la reacción de tu madre, la cara que puso?).

Eso sí, queda claro que un torero protege igual que un santo. Al menos, espero que la vela fuera amarilla. Pero llegado el caso, vete tú a saber la que liaste. Me encantaría haberte visto entonando un «Amén. Amado, san Ramón, con tu poder sanador, te pido que cures mi cuerpo, mi mente y mi alma, devolviéndote la paz y el amor necesarios para seguir con mis días», como hicieron tus amigos, con su tono solemne, cuando me contaron el porqué de tu mote.

Me pides cultura, saber qué pasa fuera de ahí. No quiero oírte reprochar que te mando libros que no puedes leer —a ver cómo hago—, deberías aplicarte más en tus clases... Me pides que yo te abra el mundo, cuando seguro que te está esperando. Puedo rellenar un poco esa inquietud. ¿Conoces la revista cultural *Hara-Kiri*? Haz memoria, librero, debe habértela nombrado algún lector al deshacerse de sus libros. Seguro que a alguien tan culto debe sonarle... ¿O acaso no piensas salir nunca de leer una y otra vez a Borges, Cortázar y Onetti? No te enfades, que te conozco ya el gesto... Que sí, que sé que ese trío forma parte de tus preferidos.

¿No leen a ninguna autora por allá? No te embales y empieces a enumerarlas todas, que ya me tienes cautivada sin hacerlo.

El ejemplar que te mando lo compré hace unos años por la calle, en el *boulevard* Saint-Michel. Casi lo regalaban, porque creo recordar que el precio era un franco. Vamos, casi nada.

¿Sabes lo que más me gusta? Aparte de un juego que propone en cada número el *professeur* Choron, lo que más me fascina es su capacidad para no tomarse en serio nada. Fíjate: hace unos años alguien escribió que era una revista «tonta y mala». Así, tal cual. Pues bien, desde ese número incorporaron esos lindos adjetivos a la cabecera, justo debajo del título.

¿Te parece una buena defensa? No solo no dejo que me ofendas, no solo no te contesto, sino que lo incluyo, para que, cada vez que lo veas, sepas que has contribuido a hacer algo más grande.

¿No es eso lo que deberíamos hacer todos? Reírnos de nosotros mismos, no creernos nada de lo que nos suelten, ni lo que nosotros nos digamos. Ojalá empiece por entenderlo, ojalá renuncie a este boicoteo más de lo que ya lo hacen otros y añada a mi nombre, Aline, creída e insoportable al presentarme a los demás.

Creída e insoportable, loca por un torero.

ALINE PÉREZ

Querido librero, mi librero:

Cuando mañana despierte, quiero que todavía estés aquí.

¿Esto de no volver a contestarme, de no volver a recibir cartas tuyas, no será una táctica premeditada para que vuelva a caer rendida bajo tu porte torero?

No sé qué haces aún allí, donde te estás perdiendo el año extraordinario que está viviendo el teatro. No tardes, que la escena parisina está en plena efervescencia, con obras innovadoras y desafiantes que no dejan de llamar la atención al público y a la crítica. Créeme, eso no ocurre todos los días. (¿No te estoy convenciendo? ¡Espera que ya verás!).

Una de mis favoritas está siendo *La cantante calva*, de Eugène Ionesco, que siguen representando en el Théâtre de la Huchette desde hace años. Es una sátira brillante sobre la sociedad burguesa, absurda, delirante, y sin embargo... muy certera. La dirige Nicolas Bataille, el mismo desde su estreno, y cada noche parece que el público entra en trance. ¿No te parece milagroso que una obra así siga viva tras tantas temporadas? Vente pronto, porque esto no va a durar para siempre, y no quiero que te lo cuenten.

Por cierto, me encontré con Albert, mi antiguo compañero de piso. Estuvimos dándole vueltas a cómo terminó nuestra convivencia. La verdad, me agradó hablar con él, no de primeras, ya que mi reacción al encontrármelo de repente fue hacer como si no lo viera. Giré en cuanto me percaté de que era él, con sus característicos andares de quien parece que no camina, que solo arrastra los pies, incapaz de hacer un esfuerzo por mantenerse erguido.

Fijó su mirada en mí y sin sobresaltarse, aminorando el paso, se fue acercando. Me giré hacia el escaparate, una carnicería. Pensé: bien, aquí no querrá parar, el olor a cerdo no lo soporta, he tenido suerte, seguro que también pasa disimulando y, quizá, incluso empiece a mirarme por encima del hombro, o a susurrarme otra vez que era una loca y una histérica y que no era para tanto, solo un malentendido como intentó hacerme creer los días siguientes a que se sobrepasase.

Fue su intento de abrazo, fue mi permiso para que lo hiciera y las ganas de que entendiéramos lo sucedido. Fueron las ganas de cerrar su puerta, para que no me vuelva a doler. Me quedo con sus palabras, «si nos perdemos es para buscarnos», con su perdón.

Si ya nos cuesta compartir nuestros días con nuestra propia familia, ¿cómo no nos va a costar con las familias que creamos?

¿Sabes lo mejor? Seguía oliendo igual. El jengibre, el azafrán, la cebolla, el ajo, el cilantro, el comino, la canela… ¿Por qué nos preocupamos por tapar nuestros olores con perfumes caros, si nuestro propio olor dice tanto de nosotros?

Lo creí, y además quise hacerlo. Porque eso nos está permitido: decidir qué queremos creer y qué olvidar. No por él, que sinceramente me da igual. Lo creí porque me viene bien a mí. Solo había sido una mala noche, una borrachera. No quiero escribirlo, porque ni quiero fijarlo ni hacerlo eterno. Lo que no se escribe se pierde, se reforma y transforma para terminar desapareciendo.

Sabes, sé que sí porque te lo conté estas pasadas Navidades, que de todo lo que me pasó, lo que más me dolió fue que no me creyeran. Que pusieran en duda que él intentó sobrepasarse, que dijera que nuestra compañera también estaba en casa y no oyó ningún grito, ni cómo se cayó la copa, que seguro que íbamos borrachos, ambos, y que las cosas no sucedieron como recordaba.

Esas palabras, durante días, sonaron una y otra vez. Hasta que me mudé y ambos se callaron.

¿Cómo estáis por allí? ¿Cómo están el Chino, Juanin, Dani, Curro…? Por favor, quiero volver a saber de Pablo. ¿Te volvieron a echar de la taberna por insistir en pedir por enésima vez la misma bebida a sabiendas de que no la tienen, que nadie bebe allí un *Chartreuse*? ¿Has tirado otra vez naranjas a los coches desde la azotea mientras gritas a las estrellas que quieres viajar?

¿Has vuelto a escuchar a Pablo, hablando como dos amantes van talando el olvido de las mieses altas?

¿Has ido a la misa del gallo con tal de pasar más tiempo con alguna chica, donde las risas y los cuchicheos han vuelto a desesperar a todas las pretendientes a beatas?

¿Has abierto la librería de madrugada, con las llaves que ese último día no devolviste, y, entre libros, has besado con tanta pasión que se terminó cayendo la pila de libros aún sin catalogar?

¿Has ido al río al amanecer, con la excusa de que tu padre está a punto de llegar con su barco?

¿Has vuelto a llevar a alguna chica, con marcado acento francés, a ese callejón de la Judería, para que termine sentada encima tuya, mientras te gime al oído?

Deseosa de recorrer todos los callejones de la Judería.

Aline Pérez

¡Lagartijo!

La desesperación me ha llevado a hacer salmorejo, solo para recordar sabores que me hagan volver a ti. He pelado todos los tomates, del mismo tamaño, ni muy grandes ni muy pequeños. Como no tenía ninguna batidora, se la he pedido prestada a Amelie del 4º B.

Aun así, necesito otro tipo de cuchillo, más pequeño y afilado. Justo al enchufarla han saltado los plomos, así que he tenido que desconectar todo y volverlo a encender a ver qué pasaba. ¿Dónde estás que ni siquiera sé batir unos tomates? Como me explicaste —mira que ya te patinaba la lengua, pero me mirabas tan entusiasmado, con tanta emoción que cualquiera te interrumpía—, he colado todo el mejunje para que no quedara ninguna pepita o piel. Con tanto empeño que lo he colado varias veces hasta hacerlo parecer casi puré.

El pan, bueno la *baguette*, la he partido en trozos pequeños, los he mojado en agua tibia (¿no era ese el truco de tu abuelo Pepe?). Cuando estaba blando, he vuelto a batirlo todo y he añadido ajo. No le he podido añadir aceite, el precio es prohibitivo aquí como para comprarlo, así que añadí unas pocas gotas de vinagre y, muy rápido, lo he metido en la nevera.

Créeme que lo que ha salido no hay quien se lo coma. Mira, no te rías, pero después de intentar tomarlo en la cena y darme cuenta de que no había manera, lo he llevado al callejón donde hay algunos gatos tan hambrientos como enfermos. Al probarlo han salido corriendo. Hubo uno en especial, uno negro, con un aspecto sucio y desagradable que justo después de probarlo me ha mirado perdonándome la vida.

¿Cuenta como declaración de amor querer comer cada sábado salmorejo?

Córdoba, 4 de febrero de 1974

Aline:

Esta es la carta que más me está costando terminar. De hecho, es la que más días llevo escribiendo. La he reiniciado varias veces, tantas que perdí la cuenta, hasta que esta mañana la di por terminada, admitiendo que sería la versión definitiva, quedase como quedase. Perdona la distancia que he tenido que dejar entre nuestras cartas.

La primera vez que la comencé solo llegué hasta el saludo, no sabía cómo continuar. Me distraje buscándole el sentido a escribir cartas a alguien a quien debería haber contestado hace más de un año, y lo mismo, ya no espera ninguna más. ¿Por dónde empezar? ¿Por pedir disculpas? ¿Por dar por hecho que debí haber buscado un rato, si acaso breve y desganado, para decirte que esperes, que no es buen momento, pero que quiero seguir escribiéndote?

Obviar lo predecible: el hecho que me ha impedido tener las ganas de escribir, y por ratos comer, dormir y seguir soñando en otras vidas, como hago desde que de niño me contaron que no tenía padre porque los marineros nunca saben en qué puerto dejan a la familia.

La segunda vez solo escribí unas breves líneas, unas de esas que se escriben a desconocidos a los que no añoras, que un día dejas de ver por la calle y ni siquiera te das cuenta. Solo incluía las buenas noticias, la cara amable de la vida.

Tan genérica como insulsa, donde no sabía si dar las gracias o despedirme, porque lo mismo daría.

Aquí va el tercer intento que puedo recordar, los hubo más breves, si acaso intangibles. Antes de empezar, he decidido que será la versión definitiva.

Entiendo que las cartas sirven para dar titulares, que al igual que en los diarios, son siempre noticias desagradables. Sirven para resumir acontecimientos, solo los importantes, porque la vida es eso, grandes momentos en los que no pasa nada si se combinan con grandes golpes que nos derrumban por momentos, hasta que sentado y derrotado, sin que nadie mire, te vuelves a poner de pie, más encorvado pero andando igual.

Entonces añadiré al anverso, al menos, la noticia más agradable acaecida estos meses. Las portadas siempre llevan grandes titulares, que impacten para que te den ganas de leer el periódico entero. Te dejo el mío, para que quieras seguir conociéndome.

Aquí va el titular. No hace falta que me preguntes más por mi madre, y no sé si tampoco tiene sentido que lo hagas por mi padre. Se fue, sin avisar, como cuando venimos: solos.

Sin embargo, me alegra pensar que no ha sufrido físicamente. Quizá, solo los dos últimos días, ya en el hospital, donde pedía una y otra vez no quedarse sola —inútil petición, porque los horarios son los que son y yo ya pensaba que también estaba enfermando por llevar tantos días sin vivir. Repetía que solo se arrepentía de una cosa: de haberme tenido ya pasados los cuarenta; que no era edad, que ser madre tan tarde implica disfrutar menos años de un hijo.

No lloraba, ni tenía los ojos secos: solo decía que le faltaron veinte años para disfrutar de mí.

Los dos últimos días me he sentido tal y como Juan Preciado, tomando las manos de mi madre, prometiendo todo lo que me pedía y, por supuesto, que no me marcharía de Córdoba hasta conocer al marinero; lo que implica que no debería moverme de la casa destartalada, por si desea volver a por sus pertenencias.

¿Dónde tendré ese ejemplar de *Pedro Páramo*?

En Córdoba no sabe llover un poco, aquí si empieza a caer agua, termina en tormenta. Nunca llueve solo un día, mínimo una semana. Como vienen días en los que no voy a ir al campo, me he puesto a barnizar la silla de mi madre. Si no perdemos nuestros objetos, nunca terminamos de desaparecer. Hay un cuento de Borges, en el que aparece mi Córdoba, donde se explica, perfectamente, cómo algunos objetos nos obsesionan.

Ahora yo uso su silla de mimbre. Somos lo que hacemos, eso siempre pensaba cuando empecé a darme cuenta de a qué se había dedicado mi madre.

Tejedora, mi madre era tejedora. No costurera, ella creaba. Porque tejer era su vivir. Yo quiero ser librero, ojalá escritor, y que sea también la vida que quiera, la que me permita querer.

Mientras cuide su silla la podré seguir viendo sentada tomando su leche caliente, siempre sin azúcar. Mientras tenga su silla impoluta, podrá seguir tejiendo cada invierno un nuevo jersey.

Mientras yo me siente en ella, la seguiré colocando debajo de la ventana que da a la calle, así podré ver los detalles del patrón. Seguiré viendo su cara de satisfacción cuando no encuentre errores. Podrá seguir sosteniendo el jersey orgullosa mientras se acelere al hablar y me cuente, una y otras vez, sus historias de La Carlota. Fingiré que las he olvidado, que quiero siempre más. Cuando se canse, que será cada vez más habitual, le ayudaré a guardar todo. Dejaré cada noche su sitio tan limpio, tan ordenado, que al día siguiente den ganas de seguir tejiendo. Al desearle buenas noches, notaré su olor a anís, a tinte del pelo, a dama de noche… hasta que sea su último jersey. ¿Quién me contará algo que ya no sepa de mi madre? ¿Quién me volverá a hablar de ella? Lo pienso, no sabré cuál será mi último libro, y aun así no me molesta. Quiero todos y cada uno de los días en los que pueda leer.

He empezado a escribir, ahora que no sé qué hacer con tanto silencio en casa y la noto en mi nariz, en mis manos, en cada conversación. La casa huele a ella y rezo para que nunca se vaya ese olor. Hasta sufro por pensar que los meses en que más feliz he sido, han sido sus peores días. Sigo cuidando de la casa, a pesar de que nadie volverá a fijarse en que cada detalle está, y seguirá, como ella lo dejó. Me angustio, más que me entristezco, al ver que el resto sigue tan alegre sin ella, y, ahora que lo escribo en forma de carta para ti, solo pienso que las tardes siguen cayendo, sin preocuparse por quién las esté mirando.

¿Cómo sigue girando todo cuando yo solo me limito a mirar el mundo por la única ventana de mi casa desde donde se ve el cielo?

Yo siempre he sabido quién era mi padre, no soy huérfano. Lo sé porque todo el barrio se propuso que lo supiera; eso sí, muy bajo, como cuando te cuentan que los Reyes Magos son tus padres. Mi madre, para el caso, fue mi reina. Él solo Bernardo, el último que tuvo una barcaza que cruzaba el río.

Lo único bueno de todo esto es que el famoso marinero pidió darme un abrazo. Me lo dijeron en la taberna, entre vinos y carne con tomate. Yo no quise preguntar más. Entendí que hace mucho que no han vuelto a saber de él y me pueden fastidiar la esperanza, la eterna espera de conocer a mi padre. Siempre imaginé que, una mañana, a la salida de clases, vendría a recogerme para decirme que no tenía que regresar por la tarde al cole porque íbamos a navegar por el mundo. De todas formas, debe haberse ido al mar otra vez.

Nunca prometí nada. La única promesa que hicieron que me importara fue la de mi madre. Tengo pocas imágenes, solo algunas. Sonidos que no concordaban. Objetos que aparecían de repente.

«Mamá, escuché pasos anoche», y solo me decía que no me preocupara, que el cartero llegó muy tarde.

«Mamá, ese abrigo es nuevo», y me contestaba que se lo habían mandado los tíos de Barcelona, que allí son tan baratos como los paloduz del kiosko de la esquina de tu colegio.

«¡Mamá, hay un fuerte con vaqueros e indios en mi cuarto!», solo me decía que los Reyes este año tuvieron mucho trabajo y no terminaron de repartir los juguetes hasta ayer.

Las creía todas, hasta que creces.

Hasta que en la misa oyes cuchicheos sobre la idoneidad de que yo pueda hacer la primera comunión, hasta que te encuentras a hombres bajando por la escalera de tu casa cuando ya empiezas a volver solo.

De repente, te das cuenta.

Ya lo sabes, ya lo entiendes. Te sientas en la cama a llorar, viene a consolarte. Insiste en saber qué te pasa: «Solo prométeme que se ha acabado, no me hagas decirlo en voz alta».

No lo quiso hacer, no a su hijo, y prometió que nunca más tendría que preocuparme por eso, que no volvería a subir ningún hombre. Lo malo es que, durante unos años, el fuerte desaparecía por septiembre y volvía a aparecer por Reyes, con una ligera modificación o añadido. Yo sabía que era el mismo, había quedado, sin querer, una esquina rota de la puerta de entrada. Aún así, salí ganando con la promesa.

Todo esto solo era para decirte que prometo que iré a verte.

Las noticias alegres se dejan para la contraportada de los periódicos, para que nadie pierda la esperanza después de leer cómo un día se desmorona todo. Agarra bien la carta, sírvete una copa de vino y déjate caer un poco sobre la butaca. Voy a volver a la librería. No quiero aburrirte con los detalles, iré al grano: seré el encargado de la librería. La palabra suena grande, elocuente, mucho más de lo que en verdad es. Yo sé lo que significa y, sobre todo lo que significa para mí, no pude seguir estudiando en cuanto cumplí doce años.

Los primeros meses dice que me va a perdonar el pago del alquiler hasta que tenga todo en orden, organizado y a mi gusto. Dejo volar la imaginación, me pierdo y, cuando lo hago, no dejo de recordar las palabras de mamá, quien achacaba esta portentosa facilidad para volar en mundos ajenos e irreales, a las horas solitarias que he pasado en mi infancia.

Me hablas de tu viaje a Córdoba, me hablas de lo bien que lo has pasado, de lo que te he hecho sentir solo con ligeros toques de las yemas de los dedos…

¿Te puedo hablar yo sobre que me ayudes a llevar la librería?

ALBERTO O

Querido librero:

Siento mucho la muerte de tu madre, siento tu pena y tu desolación desde esta pequeña terraza donde el ruido no me deja concentrarme.

Dime qué comes, háblame de cómo hacer pestiños en noviembre, las gachas de Semana Santa y tus berenjenas fritas; ¿quieres hablar de cómo has dormido? Dale, apúrate, que te estoy mirando casi sin pestañear: dime que te acostaste tarde porque te quedaste viendo el camión nuevo de la basura, que pasa a diferentes horas cada día, que ya no eres capaz de localizar por su ruido la hora que es; que tus vecinos te molestan, sí, esos, los de abajo, los de los niños que no te dejan cenar viendo el telediario; que se te volvieron a salir las sábanas de tu cama, las que parecen tener vida propia y siempre dejan el colchón azul al descubierto.

Dime qué libros llegaron a la librería, cómo eran sus dueños, cuáles lees y qué cita has apuntado en tu viejo cuaderno, así de fácil. Sigue, escribe qué te tomaste con el Chino, que Adolfo no te quiso poner tapa porque la noche anterior perdió al dominó y aún anda mosqueado. Dime, no te cortes, de qué cofradía te está hablando el poeta Pablo, qué está pintando tu vecino Miguel, de las novedades que llevan los pasos de tus cofradías preferidas esta Semana Santa.

Escríbeme de lo que quieres, que yo te escucho, soy muda si quieres, soy un par de oídos solo. Soy lo que necesites que sea, solo tienes que saber qué es lo que quieres que rellene, pero, antes de hacer nuevos planes, cumple tu promesa.

Yo soy de las primeras veces, de la ilusión por tener planes nuevos, los cuales te invito a que sigas teniendo conmigo. No es reproche, no había obligación, pero has tardado más de un año en volver a escribir.

¿Qué quieres de mí, Ulises?

Llega una carta tuya y quiero olvidar las horas de espera, las cartas que has olvidado mandar. No te costaba nada escribir unas breves líneas para decirme que no era el momento.

Yo hubiera contestado, enseguida, sin dejar de pasar los días, que tu Penélope te sigue esperando. Además, no hay ni una sola pregunta para mí en tu carta. ¿Dónde está tu interés en mí?

Tan rápido has desaparecido como tus ganas por saber de París, de teatro, de poesía. ¿Ya no te merezco el esfuerzo? ¿Quieres escribir? Haz un cuento para mí sobre dos jóvenes apasionados.

¿Quieres que vaya a Córdoba? Primero ven a verme, conóceme en la ciudad, con mi ambiente. Deja que yo también te haga de guía, que te lleve con mi compañía de teatro y te enseñe mis cafeterías preferidas. Ven cuando quieras, pero ven.

Como voy a amarte si no dejo de preguntarme dónde estarás y, comparado con cuándo y cuánto, no hay peor palabra.

Escribe aquí, no tengo que explicarte la cantidad de escritores que han vivido en esta ciudad, la cantidad de escritores que se mudan buscando parecerse a quienes leen. ¿Qué se espera ahora de ti?

Hagamos locuras aquí para construir un allí. No tengo que explicarte más.

ALINE PÉREZ

Aline:

Te entiendo, quiero entender y lo que me parece más importante, no quiero romper nada de lo que haya prometido. Claro que iré. Me veo a mí mismo paseando por sus refinados bulevares, admirando los imponentes monumentos y respirando su aire refinado y cosmopolita.

Tengo que ir a París, tengo que conocer esa ciudad que ha inspirado a tantos escritores. ¿Sabrás hacer lo mismo conmigo? ¿O soy un caso perdido?

Dejaré que la ciudad piense por mí, que decida ella. A la vuelta seré capaz de saber, por fin, qué es lo que quiero contar y cómo. No la hablaré, no discutiré. Solo andaré por allí, sin descanso, donde todas las calles sean desconocidas, donde me ignoren y yo les ignore, porque allí no soy el hijo del marinero, ni de la Rafaela, la de La Carlota, ni ese librero que tuvo que recoger aceitunas hasta que pudo volver a trabajar rodeado de libros.

¿Qué se esperaba de mí, eso querías saber? Yo lo entendía: tienes un hijo y te haces una idea de lo que esperas de él.

¿Qué se esperaba de mi madre? ¿De alguien que huyó de su pueblo sin nada? ¿De alguien que no sabía leer?

¿La culpaba por dejar subir a cada hombre que le apeteciera? Quizá de niño, cuando me di cuenta.

Quizá por no tener un padre. Porque quien se suponía que lo era, tampoco lo tenía claro.

No, ya no. Era fácil juzgar, reprochar, pedir.

Me quedé con un viaje a Cádiz, con otro hombre, que no era el marinero, y mi madre viendo los carnavales con la cara pintada y sonriendo. Compraron unas caretas de cartón, de las que dejan marca en la nariz. A mí, una espada de plástico roja. Bailaba y reía, parecía otra. Pena que la careta no llegara de vuelta a Córdoba.

A mí me querían obediente; a ella, muda.

Solo esperaban que supiera saludar a hombres con nombres que no conocía, que no preguntara mucho, que no me metiera en líos.

¿No sería que no la dejaron ser hija, y ahora no quería que yo dejara de ser hijo? Se esperaba de mí lo que esperaron de ella. Somos como nos quisieron de niños.

¿Qué esperaron de mi madre? Nada. Hasta que se cansó de que no la valoraran. Imagino que no me contó todo, pero nunca supo desprenderse del todo de sus padres, terminó cuidándolos a ambos, a sabiendas de que no la habían querido como se merecía.

¿Intentaba hacerlo conmigo? Seguro. Sin darse cuenta: que no arriesgara, que la necesitara.

¿Esperaba que no supiera amar? Para qué, si ya me tenía a mí, que le hacía compañía. Para qué hablar, si solo era una impertinencia, solo era hacer ruido, solo era hacerla pensar.

Aprendí tres cosas rápido: a leer, a callar y a mirar. Estuve callado, mirando sigiloso, hasta que empecé a escribir.

Ahí empecé a salvarme de mí, palabra a palabra.

Y no quieres repetir lo que no funciona, no así. ¿Qué se espera que sea? Un jornalero, un taxista, un camarero… Pues seré lo contrario, lo que quiera… seré quien se pierda al volver a casa, quien no sepa dónde esté nada y se tropiece con todo, quien no sea capaz de cambiar una bombilla pero que lea tanto que sepa vivir mil vidas en una sola.

Sigo escribiendo, imitando a lo que leo, creo que aún sin voz propia.

Sigo manteniendo nuestras tradiciones familiares: salir cada día a regar los geranios al sol y, al final del día, después de haber estado en la librería, despedirme mientras los vuelvo a guardar para que descansen tranquilos al igual que yo.

Te lo cuento porque empecé a escribir un cuento, uno breve, muy parecido a los que leo, imitándolos en estilo y forma, mezclando realidad y fantasía para nunca saber dónde empieza la una y dónde acaba la otra. Como me pediste.

Solo te cuento el principio: «Dos jóvenes se encuentran en la entrada de la majestuosa Mezquita de Córdoba. Ambos son forasteros y han aterrizado en la ciudad por diferentes motivos. Ella ha venido en un viaje turístico, mientras que él se encuentra allí con la intención de abrir una nueva sucursal de una conocida cadena de electrodomésticos. Aprovechando un hueco en sus ocupadas agendas han decidido dedicar un poco de tiempo a hacer turismo por la Judería. Mientras caminan por la Mezquita intercambian miradas. Cuando ella se queda rezagada, admirando el majestuoso mihrab, nuestro protagonista aprovecha la oportunidad para explicarle la razón de la ubicación tan distinta con respecto a las demás mezquitas. Al descubrir que ella es profesora de arte se queda cortado y escucha cómo le explica otros detalles, más allá de su mera anécdota. La visita continúa con un intercambio fluido de aspectos de sus vidas, admirando la ciudad y comentando la calidad de vida que tendrían si vivieran allí. Ambos se dan cuenta, con un suspiro unísono, de que la vida juntos sería más vida, que picaría un poco menos».

Ya te seguiré contando cuando lo tenga terminado.

Cada mañana, cuando voy cuesta arriba andando muy rápido, muy ligero y casi sin pisar el suelo a abrir la librería, pienso que si quisiera, que si diera un salto, podría volar. Abro muy temprano, como si de una panadería se tratara y estuvieran mis clientes deseando recibir el pan recién caliente. Subo la reja de la librería siempre con una fuerza desmesurada, como si me sobrara la energía e intentando hacer todo el ruido que pueda para que el sonido amortigüe la ausencia del cantar de los gallos. Hay una vecina que se asoma cada día y me da algún bizcocho. Con ese estruendo, en mitad de una calle sin gente, solo busco recordarles a los vecinos que, cada mañana, tengo los libros recién horneados.

Carlos se pasa a menudo, siempre por la mañana porque el médico le ha dicho que si tiene que beber que sea en horario matutino. Empieza la ronda aquí conmigo, sin vino. A veces trae churros, otras me trae algún libro ya usado, y siempre habladurías sobre sus nuevas lecturas.

Yo lo escucho, lo miro, apunto libros y autores. Otras, ya me sé el relato porque intuyo que cada vez relee más a menudo. Le pregunto si me sigue poniendo a dieta, después de tantos años, y siempre suelta una gran carcajada donde se le surca la frente, se le ven los dientes y me doy cuenta de que ayer estaba un pelín más joven.

Dice que ya no me hace falta y que, en breve, estaré yo hablándole de nuevas publicaciones, de editoriales que no conozca, de libros de jóvenes autores atormentados tan recientes, que todavía quemarán al tocarlos, de autores de los que ya le dará pereza aprenderse sus nombres porque se quiere quedar con los suyos, que son sus grandes amigos y que, como a todas las amistades de muchos años, ya les conoce sus virtudes y sus defectos.

Me habla del tiempo libre que le cuesta gestionar, de las peleas con el único hijo que tiene por aquí, lo entiendo y le cuento lo que me molesta casi a diario, y de lo contenta que está su mujer al tenerlo todas las tardes para ella. De lo que se aburre y de las ganas de andar que le han entrado.

Me habla de una sobrina suya, Laura, que necesita trabajo. Yo estaría encantado de tener a alguien por aquí con quien hablar de libros. Si después del verano no me pide el favor, se lo ofreceré yo. Se lo suplicaré.

Me habla de lo que echa de menos el trajín de cuando él era el dueño, y de lo poco que le está gustando como está quedando la librería, que intento ir reformando poco a poco. Cuento con una mano experta, la de mi amigo Juan, quien, por unos botellines de cerveza, se apunta a lo que quieras.

Tengo que estar a gusto, tengo que hacerla propia. Me he desecho de las antiguas estanterías. En su lugar, he colocado unas de metal, más modernas. También he puesto focos encima de cada una de ellas, a ver si así consigo que esté todo iluminado en condiciones y que no parezca una cueva, muy culta, pero demasiado oscura. Debe de ser un espacio donde yo no sea el único que se sienta a gusto entre libros.

Cuando los compran, se los llevan a una nueva estantería, aunque sean de adorno, aunque solo busquen disponer de ellos cuando les plazca, aunque eso signifique quedarse años sin leer. Pero mi mayor orgullo, y lo que menos le está gustando a Carlos, es el espacio que he reservado para mis lecturas preferidas, para la dieta que él me impuso. Dice

Carlos que compartir así con los clientes un momento tan personal e íntimo es facilitarles en demasía la vida y que hay que dejar que los lectores se pierdan entre bodrios para saber reconocer una delicia de lectura.

Todos deberíamos tener rincones así, de ausencias y encuentros, que nadie entienda pero que, al instante, sepan envidiar.

Cambia de tema, me habla de lo preocupado que está por el comportamiento de su hijo, quien lo atosiga insistiendo en que la librería es de todos. Le exige que la librería cierre, que tiene otros planes para ella.

Pablo también viene a menudo, menos de lo que me gustaría, porque ya sabes que se ha mudado a la Costa del Sol. Le he dicho que has preguntado por él; creo que le ha encantado saberlo. Me ha dejado escritos los versos finales de su último poema:

«Y pienso en ti y sonrío y me es grata
tu memoria, como una prenda usada
de abrigo al calofrío de la casa».

Ahora que los escribo, que paso a mano su caligrafiada letra y los leo detenidamente, me da la sensación de que habrían sido un buen cierre para esta carta. Comprendo su necesidad de buscar nuevos horizontes; sabe que se aleja de su hogar y, en cierta manera, me da envidia, un poco de melancolía y ganas de hacer lo mismo.

Deja una ciudad de calles empedradas que molestan al andar, que en verano no son capaces de mantener el calor, por ver el mar cada tarde. Ahora que lo pienso, hemos sido privilegiados estos dos años, siendo testigos de su evolución literaria, de sus obsesiones, que transforma en versos llenos de vida y sensibilidad.

Echaré de menos sus discusiones sobre poesía y literatura, sus risas y sus reflexiones; su presencia en los cafés y tabernas de la ciudad, donde tanto hemos disfrutado de la vida y del arte.

Le deseo que el viento lo guíe en su camino, mientras arrastra pequeñas motas de arena, las cuales sean capaces de molestar a los ojos tanto como para tener que frotarlos si quiere volver a mirar la senda ya recorrida.

Solo me queda por decirte que nos vemos en París, antes de lo que crees. Eso sí, no pienso avisarte cuando lo haga.

ALBERTO O

No le quedó otra opción que dejar las cartas, le costaba recuperar el aliento. Colocó la última carta a su lado derecho, donde iba ordenando las ya leídas. Se le cayeron algunas, pero ya no le importó que estuvieran desordenadas. Se puso la mano en el pecho, y ahí estaba, desbocado, un corazón que hacía días que no daba señales de vida. Le habló bajito, le pidió que parara, pero intuía que, al igual que ella, le estaba resultando increíble descubrir a un padre apasionado y romántico que hasta entonces desconocía.

¿Dónde habrá quedado esa emoción de la primera vez que quedó con su marido en un bar en el centro de la ciudad, y cómo no paró de hablar, de hacer planes, con ella, una total desconocida? Volvió a sonrojarse al pensar en ese momento y recordó cómo después de bailar toda la noche juntos, salieron a caminar por las calles que parecían iluminadas. Volvieron a verse, a menudo, siempre por iniciativa de él para dar por comenzada la relación formal una noche de un martes, donde fueron a cenar a un pequeño restaurante italiano, compartieron una pizza, bebieron vino caro porque no quisieron pedir el Lambrusco que siempre ofrecen y, sencillamente, rieron y hablaron. Hablar y reír le resuena tan lejano como los lugares de los que nunca hemos oído hablar.

Decidió que era hora de que planearan algo especial juntos para volver a conectarse emocionalmente: podría pedir a su padre que se quedará algunas horas con el bebé algún sábado por la tarde, sabía que lo haría encantado, es más, que le gustaría sentirse válido.

Probó a llamarlo, no daba señal.

Volvió a ojear las cartas ya leídas y se fijó en las fechas. Miró la hora. Calculó que al menos le daba tiempo a leer un par más, y si, como venía sucediendo en los últimos días, Saúl avisaba a última hora de la mañana que no le daría tiempo a comer en casa, improvisaría cualquier cosa para ella. Con un poco de suerte, se ahorraría tener que volver a pasear por la tarde.

Aline:

No quiero seguir pensando en quimeras. No sé explicártelo por teléfono, no quiero contártelo con mi voz temblorosa y dubitativa. No me riñas, no me llames más pidiendo explicaciones que no sé dar. Dejaré de responder al teléfono, que suene todo el día antes de volver a oír tu voz exigiendo respuestas. Déjame que te explique a través de un personaje de una novela. Así me va resultar más fácil.

Llegué a París como tantos antes: Cortázar, Fuentes, Camus... Todos buscando en sus calles algo que los redimiera o los hundiera. Llegué buscando entender que hay algo más que me rodea, como en la novela tan minúscula pero inmensa *La vida breve*, escrita por Onetti. Un hombre llamado Juan María Brausen, al igual que yo, llega a una ciudad desconocida con la esperanza de encontrar trabajo y una vida mejor. Yo no buscaba un trabajo, pero sí entender qué sentido tiene todo esfuerzo que realizamos. Quería convencerme de que, si alternamos las gamas de grises, la vida se vuelve más ligera.

Pasamos los días igual: aburridos, perdidos. Intentado ser como los demás, intentado saber de ti. ¿Cómo podemos engañarnos pensando que un viaje nos salvará?

Yo solo he conseguido verte dos veces en una semana. Dos encuentros maravillosos, pero han sido menos de lo que esperaba. Lo entiendo, aparecer sin avisar, en medio de la preparación de una nueva obra, con la ilusión, pero también, con todo el esfuerzo que supone, con los miedos necesarios, con el temor anhelado de lo nuevo que nos queda por vivir.

Lo entiendo, en mitad de una visita de tu madre y su pareja, cuando no cabíamos en el piso ni te parecía oportuno que compartiera ese espacio con ellos, con tus otras vidas, tan cercanas a mí como inaccesibles.

Lo entiendo, como las risas de tu amigo cuando me vio aparecer por tu portal cargado de maletas, tanto que sin hablar francés, mi oído supo comprender que detrás de esa sorna había un «qué hará aquí», «qué se creerá», «dónde pensará dormir». Soy capaz de reproducir, palabra por palabra, lo que su búfida risa acertaba a decir.

Finalmente, ambos decidimos regresar a nuestra ciudad natal. Él se va a dar cuenta de que ha desperdiciado su vida y que ha perdido la oportunidad de encontrar la felicidad, y yo, estoy seguro, terminaré pensando lo mismo.

Hay un mundo que no nos pertenece, solo que yo sí que existo, no soy un personaje de una novela que se escribe entre ratos libres.

Llegas a tu casa, a tu lejana y sola Córdoba, donde estas más lejos y más solo. Te alegras, estás cansado y exhausto, pero te alegras. Desmoralizado y arrepentido de haber estado tantos años imaginado lo ideal que sería ir a París, para ilusionarte al volver a ver unos geranios que, durante estos días, se han quedado un poco fofos: su cuidado va a ser mi única responsabilidad afectiva. Lo veo así, como otro cuento, esta vez de Borges.

Me llama mucho la atención, lo releo a menudo, porque no existe un protagonista, porque a veces la vida te enseña que no eres el centro de nada, ni de ti mismo. El jardín laberíntico, verdadero y único personaje, permite a los visitantes hacerse partícipes de su futuro. Para conseguirlo, les da la oportunidad de elegir entre varios senderos que se bifurcan y cada uno de ellos lleva a diferentes destinos, diferentes finales. Caminos, decisiones que, en una hora concreta, tenemos que tomar. Cuentos sin protagonistas, como me siento yo en esta vida donde no ocupo un lugar, siempre pensando qué pasará fuera de aquí.

Siempre nos quedan los libros para rellenar huecos, no solo de las estanterías. Empezar a admitir que no pasa nada por narrar historias con personajes tumbados en sus camas mirando el techo. Los momentos insulsos forman también parte de vivir.

Mejor sentirse satisfecho mirando el techo de una habitación propia que dichoso mirando por la ventana de una pensión esperando que vuelvas, que decidas que la tarde la pasarás conmigo.

Y eso es lo que pasa, nada.

Llego hasta aquí.
Gracias.
ALBERTO O

Hola, Alberto:

Dicho queda. No vuelvo a nombrar el tema. No vuelvo a escribirte. Son las últimas líneas, las últimas para ese empujón que a veces dices que necesitas, que creo que te vendría bien. No volverás a saber de mí.

No eres capaz de imaginarte lo ridículo que es que alguien intente explicar mediante cuentos. ¿Eso quieres, que yo también te explique tu cobardía con personajes ficticios? ¿Es así como serás capaz de entender lo que estás haciendo?

Apareces en mi casa, así de repente, sin avisar. Decides que mi mundo debe pararse porque, claro, has llegado tú. Muestro mi disposición para que así sea, entendiendo que me has querido sorprender, y, por ratos, me gusta que hayas aparecido así.

Llamas a mi puerta, bajo exultante, emocionada y nerviosa. Nos abrazamos. Te explico que tengo a mi madre de visita con su pareja, algo bastante excepcional. Sabes que la buhardilla es pequeña y tampoco me parece un buen plan, «pero no te preocupes que buscamos alguna pensión cercana», te digo enseguida, solo intentando ver que todo se ha parado y solo me preocupo por tu comodidad, por que estemos lo más cerca posible.

Te pido unos minutos, solo el tiempo necesario para explicarle a mi madre por qué me voy a ausentar un rato y no podremos terminar el café con leche, muy caliente, que acababa de servirles. Cuando vuelvo a bajar, aunque solo me he demorado unos minutos, ya te ha cambiado la cara, se te ha torcido el gesto y no la reconozco.

Por momentos, pienso que no eres tú y que todo se trata de una confusión. Intercambio unas breves palabras con un conocido, un vecino que me saluda, al que no dejas de mirar muy hostil, y vuelvo a estar para ti.

Buscamos por el barrio algo barato, asequible. No encontramos nada y tenemos que alejarnos bastante, hasta que, tras dos o tres horas de búsqueda, encontramos algo limpio y cómodo donde casi se te van todos los francos que has cambiado. Me ofrezco a ayudarte con el pago, pero, como eres un orgulloso torero, no lo aceptas. Quedamos para vernos a la hora de la cena. Nos despedimos casi sin hablar, te dejo tiempo para que te duches, descanses un poco y nos veamos en un restaurante, a pocas cuadras de mi casa.

Te repito el nombre del sitio dos o tres veces, dices recordarlo y que no me preocupe.

Ceno sola. Nunca llegas, pienso que te debe haber pasado algo. Voy a tu pensión: no hay nadie. Doy vueltas por las calles, sin rumbo. Cada vez más preocupada, cada vez necesitando más que las farolas me guíen.

Pasa casi una hora, ya no sé dónde buscarte. Vuelvo a tu pensión, estás tranquilo en tu cuarto. No recordabas el nombre del restaurante, no supiste hacerte entender, no quieres que nos riamos juntos de la situación y prefieres convencerte de que te han herido el orgullo. Me vuelvo a mi casa, a medianoche. Sola.

Durante la mañana siguiente no sé nada de ti. Dejo a mi madre haciendo algo de turismo y me voy a los ensayos. Dudo si pasarme por la pensión, si dejarte dormir o despertarte tranquilamente, si sentarme en el banco de enfrente a esperar a que bajes, a esperar a que vuelva mi torero, quien se desvivía por verme.

Al volver me avisan de que has llamado. Le explico a mi madre quién eres, lo importante que es que estés aquí por mí. No entiende, ni nadie, cómo has aparecido sin avisar. No le doy importancia, sé que eres así y así me gustas. No quiero amores que se dejen modelar. Quiero tu autenticidad.

Como estoy deseando verte, me arreglo todo lo rápido que puedo y, vino en mano, te espero en mi casa, pensando yo, ilusa, que volverías, que no te ibas a rendir tan rápido.

Bajo a menudo al portal, ando por la calle, buscándote. Empieza a anochecer y yo a llorar, tanto que me cuesta volver a casa. Mi madre y su pareja me ven así mientras cenamos y ninguno entendemos nada.

Cansan tus cuentos, tu ausencia de voz propia y tu manera de enfrentarte al mundo. ¿Quién deja a alguien hablándole de cuentos que nadie lee? Es absurdo. ¿Crees que eres el único capaz de hacerlo? Eres un cobarde. Eres un ridículo.

Dicho queda.

No podía seguir leyendo, necesitaba un descanso. Guardó algunas en la carpeta. Se levantó del sillón con un suspiro. Necesitaba moverse, estirar las piernas, hacer algo más que leer. Fue al cuarto del bebé: seguía durmiendo plácidamente en su cuna. Le acarició la frente con ternura. Nunca, hasta ahora, había entendido la obsesión de su padre por París. Cada vez que lo miraba, sentía esa mezcla inexplicable de amor y asombro. Miró la hora. Pronto le tocaría la siguiente toma.

El timbre sonó y la sobresaltó. Su primera reacción fue pensar, con una sonrisa automática, que Saúl ya estaba de vuelta. «*Por fin*», pensó. «*Podré contarle todo lo de esta mañana*». Quizá venía antes de tiempo, o tal vez era su padre regresando de su paseo matutino, por fin, y todo solo sería un malentendido, una anécdota para rememorar una y otra vez en las cenas de Nochebuena. Ambas posibilidades la alegraron.

Ninguna de las dos opciones. Dos locales, muy serios, la saludaron. Tras saludarlos, con voz temblorosa, les preguntó por su padre.

—¿Mi padre? —repitió, como si necesitara oírse para entender—. ¿Qué ha pasado?

—Ha agredido a un tal… Déjame que vea su nombre… Sí, Juan Martínez. ¿Le suena?

—De nada —dijo al fin, esforzándose por mantener firme la voz—. Y mi padre… nunca ha sido violento.

Los agentes no la contradijeron. Solo anotaron. Hablaron sobre lo mayor que era ya su padre, les contó que había pasado toda la mañana buscándolo y lo extraño de su desaparición. Les ofreció pasar, tomarse un café y así, quizá, saber más de lo ocurrido.

—Se lo agradecemos, si sabe algo o aparece su padre, escríbanos.

—¿Sería un robo?

—Nos extraña, el agredido y él son de edades similares.

Al marcharse, sin querer pensar nada, se puso a cocinar. Preparó una ensalada con rulo de cabra y empanó unos filetes. Mientras lo hacía recordó cómo hace dos noches su padre estaba especialmente malhumorado y solo decía:

—«Tengo que cerrar las cosas antes de nada».

Lo había dicho semanas atrás. Entonces no lo pensó mucho. Respiró hondo.

Cuando termino de darle de comer a su bebé, le limpió la boca y las manos. Se tumbaron juntos. Lo masajeó con suavidad en la barriga hasta que se quedó dormido. Lo colocó en la cuna y volvió a la sala, agotada.

Miró en el móvil algunos videos cortos. Entró el sonido de un WhatsApp. Saúl. No abrió el mensaje. Ya sabía lo que decía: otra excusa para no venir a comer.

Querido librero:

Han pasado diez años y ya sé que me pediste que nunca volviera a escribirte, pero espero que el paso del tiempo haya conseguido dulcificar esa prohibición. Además, no te escribo como Aline, sino como una admiradora tuya. Es más, como fundadora del club de fans de Alberto O.

Deja que te lo cuente. Andaba yo, bastante aburrida, caminando por la Rua Garret aquí, en Lisboa. No te adelantes, ahora te cuento. Como no conseguía entretenerme con nada iba mirando a la gente, espiándolos, comparándome con todos, como siempre hago.

Al ir de agente secreto pude escuchar conversaciones en muchos idiomas, aunque cuando me cruzaba con niños, siempre con tantas ganas de llamar la atención, siempre incordiando a sus padres, me distraía de mi propósito. Aun así, fui capaz de localizar un grupo de turistas franceses, sabría decirte de qué zona son, empeñados en ver todo en un día y no mirarse entre ellos, y a una pareja portuguesa que reñía por como debería estar la casa de limpia, en lugar de ir de la mano mirando la ciudad. Y me sentí en casa, por primera vez, en un nuevo hogar inventado, pero que estoy haciendo mio. Para ayudarme con la escena, empezó a sonar una melodía.

La cantante entona «Alfama», una canción triste, como todas las que se escriben mirando al Atlántico. Hablaba de los recuerdos que deja un amor perdido; muy bajo, casi susurrando y sin importarme que alguien me mirara, hice un amago por cantarla:

«Alfama, mi barrio de mi alma,
donde mi amor fue perdido.
Allí mi corazón late, en cada esquina, en cada calle.
Alfama, donde los fados cantan,
y las historias vienen a la vida.
Allí mi tristeza no se va,
en cada calle, en cada esquina».

Seguí andando. Hasta que llegué a la librería Bertrand. ¿Sabes? Te ve desde lo lejos, mucho antes de que tú seas capaz de distinguirla. Dudas si entrar, si pasar de largo o entrar por la puerta trasera y eso es lo que la hace tan única.

Ya llevo por tierras lusas unos tres años, tiempo que ha pasado como un suspiro, así que estoy acostumbrada a leer en portugués. En este tiempo, he devorado su literatura. De este gusto lector tienes la culpa tú. ¿Te acuerdas cuando me explicabas que siempre estarás en deuda con el dueño de la librería donde terminaste trabajando? Ahora, doce años más tarde, entiendo que existen deudas tan eternas como impagables.

Cuando estaba a punto de salir sin haberme decidido por ningún libro ojeé una revista que estaba en el mostrador. Vi tu nombre, lo vi tan claro que no pude evitar decirlo en voz alta. Busqué en el índice. *Los abuelos*. Era un texto tuyo. Se me cayó la revista intentando buscarlo. Tuve que dejar el bolso en el suelo, y ahora sí, con dos manos, fui capaz de buscarlo. Solo al empezar fui capaz de entender que era una traducción del cuento que escribiste para mí.

Me pregunté, anhelé, ¿por qué no fuimos nosotros quienes nos perdimos en la Mezquita?

Estaba exultante, feliz de encontrarte de esta manera. Debo admitir que en esos años pensaba que la escritura te la tomabas como un entretenimiento o para intentar impresionarme. Hay quien lleva una guitarra consigo y hay quienes llevan un libro de Sartre con unas gafas de pasta negras...

Una vez terminé de pagar, embolsé cuidadosamente la revista como oro en paño. Me persiguió durante todo el camino a casa una sensación indescriptible de gratitud por la vida y un hambre de salmorejo infinita que, por momentos, conseguía adelantarme en el camino a casa.

Esta semana lo he vuelto a leer tres veces más, y en cada una de las lecturas he encontrado un detalle nuevo. La primera vez me sumergí en la lectura del cuento en una pequeña cafetería en la plaza Rossio. Mientras sorbía mi café, vigilaba a mi alrededor como si estuviera leyendo algo que solo había sido escrito para mí y nadie más pudiera leerlo. El fin de semana tenía preparada, con mi marido Alfonso, una visita a Sintra. Como antes de salir en cada viaje, antes de preocuparme por la ropa, elegí bien las lecturas, y me llevé el último libro de Saramago publicado (*O Ano da Morte de Ricardo Reis* ¿te vas a apuntar a una academia de portugués para poder leerlo?). Coloqué a su lado la revista con tu cuento para volver a perderme en él entre las impresionantes vistas de la península de Setúbal y volví a leerlo un par de veces, siempre a escondidas.

Sé sincero, somos tú y yo, ¿verdad?

¿Te acuerdas cuando me preguntabas por París? ¿Sigues con esas ganas de volar, de saber cómo es la vida fuera de allí?

Mi vida solía ser un constante remolino de ensayos, funciones teatrales y *soirées* elegantes en los cafés más sofisticados, aunque durmiendo en buhardillas húmedas y sin saber si llegaría a fin de mes. Todo cambió de repente cuando conocí a un encantador arquitecto lisboeta, con dulce acento, mirada intensa y olor a café recién hecho. Las largas charlas sobre los edificios de Lisboa hicieron el resto. Me enamoré perdidamente de él, aunque (en nuestra versión oficial del proceso que todas las parejas tienen) él sucumbió primero, como si fuéramos los protagonistas de *Amor de Perdição*, de Camilo Castelo Branco. Más guapos que Teresa y Simão, con nuestras dos personalidades opuestas, tan distintas y tan complementarias, que hacen que nuestras formas de ver la vida —tan distintas también— tengan cabida bajo la misma manta donde nos acurrucamos. Ahora solo espero que el nuestro no tenga un final tan trágico. Aunque ya sabes: amar siempre significa tener ganas de vivir tragedias... y de dormir en pensiones.

No me costó mucho decidir abandonar París para mudarme a una Lisboa desconocida y estar a su lado en cuanto me lo insinuó; eso sí, disimulé todo lo que pude dejando que insistiera durante interminables llamadas, siempre suyas, siempre esperándolas. La verdad, llevaba con una sensación de nudo en la garganta que molesta al tragar durante los últimos años que se iba incrementado en cada paso que daba al no poder ir sacando adelante los proyectos. Eso sí, le avisé que yo era parisina y eso no iba a cambiar por mucho que me hablara de los impresionantes edificios de estilo manuelino que todos sabemos que tiene Lisboa, por lo que, en unos años, espero estar de vuelta y, quizá con más fuerza, quizá con los pasos más lentos y un andar renqueante, volver a llevar al teatro obras que me digan que todo merece la pena, aunque canse y duela.

Al principio, todo resultaba bastante abrumador y solo estaba cómoda en su inmensa e impresionante biblioteca, con libros perfectamente alineados que Alfonso ha heredado de su familia. Rebosa de clásicos atemporales portugueses y allí, poco a poco, empecé a entender a la ciudad a la misma vez que devoraba cada libro que iba descubriendo. Sé que no me crearás, pero pasé los primeros meses, ensimismada con Alfonso y con la literatura portuguesa.

Hay algo en el ambiente, no sé si la humedad, el rugir constante de cómo rompe el mar cuando no le queda salida, o el olor a pescado, que siempre consigue que me dé cuenta de que hay vida y que me deja, sin pedirlo, sin notarlo, sin saberlo, una placidez que nunca había experimentado. Serán estos versos que resuenan:

«Mar sonoro, mar sem fundo, mar sem fim/ A tua beleza aumenta quando estamos sós/ E tão fundo intimamente a tua voz/ Segue o mais secreto bailar do meu sonho./ Que momentos há em que eu suponho/ Seres um milagre criado só para mim».

Con los meses fui capaz de espaciar los libros, y empezar a salir, buscando afines, despacio, sin mirar a la cara de la gente. Con las semanas mi búsqueda disimulada de quien anda errante sin saber dónde llegará, concluyó con una pequeña compañía de teatro donde me siento a gusto. No somos más de seis o siete, pero suficientes.

¿Puedo hablarte de ellos, o es abusar de tu tiempo?

Pedro es originario de un pequeño pueblo costero llamado Sesimbra, no sé si te suena. Creció rodeado de la imponente costa atlántica y, a pesar de ser un lugar pequeño, siempre fue un actor aficionado que participaba en todas las obras teatrales en las que tenía la oportunidad. Su rostro aniñado, el cabello castaño oscuro que le cae sobre los hombros y sus ojos verdes le dan una expresión juguetona. Y aunque a veces intente no mostrarlo, siempre está alegre.

A alguien como María siempre debes tenerla en tu vida. La reconocerás porque sus pómulos prominentes delatan su origen brasileño. Hay semanas en las que no deja de hablar de su Río de Janeiro, y otras en las que es capaz de no decir palabra.

João tiene una expresión seria y una cicatriz en la mejilla derecha que siempre sugiere que tuvo un pasado difícil y mucha vida. Le gusta soltar, sin que nadie le pregunte, que sentir la calle es crecer. No lo dice, pero todos sabemos su origen, viene de Porto. Nunca soy capaz de decidir si me atraen más su inmensa mirada tan gris o sus labios carnosos, siempre agrietados y resecos.

Por último, nuestro guía y director, Luis, engancha con su ronca voz profunda y las manos callosas de quien ha tenido que vivir de ellas.

Para haber estado diez años sin escribir nada a puño y letra no me ha quedado tan mal esta carta. Eso sí, he tardado semanas entre que la empecé y, hoy, que por fin la doy por terminada, no por gusto, sino por alargar el momento de hacerte partícipe de la emoción de haberte encontrado en la revista. Y por querer impresionarte.

Déjame que te pregunte por aquellos que me acompañaron esos días por Córdoba: ¿qué tal están Pablo y sus poesías? ¿Sigue Carlos pasándose por la librería a compartir libros? Por cierto, ¿sigues con la librería o ya, como eres un escritor publicado en el extranjero, solo te dedicas a escribir?

¿Siguen quedando los viernes en la taberna para emborrachar a chicas recién llegadas de París?

Con cariño,
Aline Souza

Con alegría recibo tu carta después de tantos años sin tener noticias tuyas. Me siento verdaderamente honrado de que te hayas acordado de mí.

Recuerdo con cariño los momentos que pasamos juntos en las Navidades de 1974 en Córdoba, qué rápido ha pasado el tiempo desde entonces. Días únicos, pero también ya queriendo ser olvidados, días de los que puedes empezar a dudar si fueron reales, llenos de risas y buenos recuerdos que perduran en ráfagas momentáneas y vuelven sin pedir permiso.

Si a la vuelta de unas vacaciones me preguntasen, como redacción, por lo que más me ha gustado, elegiría esa tarde en que fuimos a ver los adornos navideños a la Corredera y, mientras mirábamos las luces brillantes, me tomaste de la mano sin querer evitarlo y fuimos así, entrelazados, a la casa de mi tío Juan para celebrar juntos, ellos la Navidad y yo que hubieras aparecido. Cantamos villancicos y disfrutamos de una cena deliciosa donde mi tío no pudo evitar abrir una botella de sidra. Muerto de la risa, te intentaba convencer de que es mejor que un *champagne*. A continuación, colocó los vasos unos encima de otros formando un castillo y empezó a verter la sidra sobre la copa superior hasta desbordarse y llenar todas las copas.

Así estaba yo también, desbordándome de ti.

Sigo escribiendo, sigo soñando. No sabes la ilusión que me hizo que me publicaran en una antología de cuentos y que luego fuera traducido. La antología la tengo a mi lado, pero la revista *Lusa* no he podido conseguirla.

En realidad, he estado trabajando en una novela, más bien, llevo más de dos años con una novela a la que no consigo dar forma, solo sé su contenido, lo que quiero contar, y me falla, estrepitosamente, el cómo contarlo.

Cada día, después de cerrar la librería, me siento en un pequeño escritorio que he improvisado en la buhardilla de mi casa y así comienzo a escribir, a intentarlo. A veces, las letras se desvanecen ante mis ojos y tengo que parar, tomar un descanso. Pero, después de un corto paseo por el río, regreso a mi viejo y desgastado escritorio con una renovada gana de conseguir cerrar algo y sigo escribiendo hasta que se hace de noche y el sueño o el hambre empiezan a pensar por mí. No he encontrado ningún quehacer tan solitario y exigente como escribir. Por cierto, en el desván sigue el retrato de Lagartijo que tanta gracia te hizo.

En cuanto a mi vida actual, no difiere mucho de la que conociste y solo habría que añadir o quitar algunos detalles bastantes insignificantes. Sigo teniendo la dicha de ser el inquilino de una librería encantadora, en la que paso el día prácticamente solo, como cualquier ermitaño que se precie.

Eso es lo que me digo, aunque la realidad es que me paso el día prácticamente limpiando, ordenando y negociando por la compraventa de libros usados con clientes que siempre creen que tienen tesoros, pero que nunca los leyeron.

Además he tomado la sana costumbre de no leer la prensa ni ver telediarios así que, lo único que impregna mi burbuja, son las visiones de la realidad de las personas que la visitan, y ya se sabe, las opiniones solo son eso, otras formas de entender la vida. Muchos de ellos pasan a menudo, algunas a diario por aquí. Para evitar tener que recordar sus nombres, les pongo un apodo en cuanto descubro que vendrán a menudo y que formarán parte de mis mañanas y de mis tardes.

Aquí te presento a algunos de mis clientes más memorables, por si decides volver de visita, que ya sabemos: solo volvemos con quienes nos esperan para volver a sentirnos parte de ellos.

Empezaré por un jubilado, yo lo llamo el Bibliotecario Perdido. Al estar recién jubilado creo que no sabe qué hacer. Debió ser profesor de literatura porque se distrae hablándome de vidas de autores, de libros y, siempre, está corrigiéndome.

La Dama Viajera tiene un estilo de moda antiguo que no concuerda con su mirada siempre curiosa y atenta, y una edad indeterminada, eso es lo que más me gusta. Ama los libros sobre geografía e historia, pero compra poco. Hace varias semanas encontró un libro bastante desgastado sobre la historia de los antiguos reinos de la península ibérica que insistió en que le dejara reservado. Todavía me sigue prometiendo que algún día lo recogerá.

Hay otro que siempre mal vestido y con la misma pinta de no haber pasado por casa a dormir. A mí me da que viene a la librería a hacer tiempo, nunca lo ví comprar nada.

A un señor de barba blanca lo llamo el Académico. Siempre le ofrezco una novela recién adquirida, ya que con las pocas novedades que solemos tener y su talante tan exigente, no se me ocurriría recomendarle otra cosa. Dice que él solo lee para que le tiemblen las piernas, que cuando ocurre sabe que se queda con la lectura unas cuantas semanas, y no empieza otra hasta que se le olvida. Tiene la capacidad de encontrar siempre algo que llevarse, algo que dice que ha leído en otra obra, como si necesitara que las lecturas fueran cadenas infinitas que nos llevasen de una a otra.

Finalmente, mi cliente favorito es el Viajero Detective. Lo reconocerás cuando vengas por su mirada inquieta y una mochila llena de libros. Me pide guías de viaje antiguas y siempre me pregunto de dónde saca todos los libros que trae semanalmente en su agujereada mochila de tela.

De todos ellos, pienso que tienen más libros de los que podrán leer en la vida, y que eso es la verdadera felicidad.

Carlos se encuentra bien. Alguna tarde aprovecho para visitarlo, llevarle alguna lectura y hacerle compañía, ya que su estado no le permite bajar a la calle, y en estas casas de la calle de la Feria, no es posible poner un ascensor. Desde que se murió su mujer, pasa las tardes asomado a la ventana, moviéndose al compás de la posición del sol, como si fuera un girasol. Jugamos también al dominó, se ríe sin medida casi por todo y nunca me intenta convencer de que tuvo un momento mejor del que está viviendo. Solo una vez, después de perder varias veces seguidas al Tute, casi ensimismado con la luz tenue que entraba por la ventana, espetó que envejecer es saber perder, aprender a que se pierde siempre: a los amigos, a la familia, a las cosas que ya nunca haremos más por primera vez e irremediablemente a las cartas, por más que te esfuerces.

Ya que has preguntado por Pablo, debo decirte que me llamó para pedirme que lo acompañara a la entrega del premio Príncipe de Asturias en Oviedo. Lo que de verdad quiere es que lo lleve en coche hasta Madrid, donde lo recogerá la organización. Nuestro Pablo recibiendo un premio así. Aduce que le apetece un viaje en coche, y yo no dejo de pensar que es un sueño hecho realidad para mí también.

Podría afirmar que sí, que no he perdido el interés por París, por cualquier ciudad que no sea la mía, mi amada cárcel sin paredes. Sin embargo, creo que ya no me preocupo por saber cómo son las ciudades. Ahora mismo, lo que me llama la atención, es saber sobre otros tipos de vida, si el lugar donde creces configura y define. Quiero saber si los demás también tienen la necesidad de ir adaptando el lugar donde vivimos, si lo van transformando en lo que esperan que sea para ellos.

Sobre la librería, no dejo de darle vueltas, de soñar a qué quiero que se parezca, hago y deshago planes. Me gustaría decirte que tengo como modelo las librerías de mi entorno, pero a la única librería en la que he entrado ha sido la mía. ¿Que cómo hago entonces? Fácil, como con todo, me baso en los libros que leí y me imagino librerías o bibliotecas que puedan poblar los relatos.

Yo pienso en la biblioteca que hay en la isla de Villings, tan deficiente como la mía. En esa isla hay una extraña enfermedad, muy rara y poco común. Fíjate que mata de dentro hacia fuera: empiezas a perder el pelo y las uñas; más tarde, te quedas sin córnea hasta que, a la semana, mueres. Pues bien, todo ello no impidió a un cronista hacerse eco de que hay unas ruinas que, en una de sus habitaciones, alberga una biblioteca tan escasa como la mía: solo unas pocas novelas, algo de poesía y teatro, y un solo tratado científico de obra de un tal Belidor, Travaux-Le Moulin Perse, 1937.

¿Te acuerdas de que quería que me ayudaras a llevar la librería? Qué lejos queda lo que deseamos cuando no se cumple y tenemos que rellenar los huecos con los que no sabemos qué hacer con lecturas. Será que lo vivido ya solo queda en los libros, en palabras muertas, ya leídas, ya manoseadas, y que solo tienen sentido las veces que releemos, las veces que me acuerdo de ti entre frases escritas para otros.

Por cierto, si te impacta el mar, tardas en entender cómo los geranios rompen la cal blanca cuando nadie puede oírlos.

Un abrazo,
ALBERTO O

Querido inquilino de una librería:

Me estás mintiendo, lo sé. Lo sé y no me importa. Me estás mintiendo, y yo a ti también. ¿Se te olvida que mi padre es tu vecino?

¿Has visto algún niño dejar de correr por la arena para llegar al mar, aunque la arena queme? Eso estoy haciendo, quemarme al preguntarle por ti a mi padre. Quemarme al volver a escribirte, quemarme, entera, al imaginar que te veo.

No explicaré los detalles de tu vida, no mataré la mentira. Sé, y ahora ya sabes que sé, que eres un afanado, entregado y responsable padre de familia. Ya depende de lo que tú me quieras contar sobre esas facetas paternales, aunque a mí, quien me engancha, es el ratón de biblioteca ofuscado en sacar adelante una librería en un rincón del final de un callejón al que le falta luz. Estoy de acuerdo en este pacto implícito en el que, en nuestras cartas, solo existimos tú y yo. La última vez que me contaste cómo eran las personas que te rodeaban era para que me fuera aprendiendo quiénes eran antes de visitarte. ¿Es por eso por lo que me hablas de tus clientes? ¿Para que, cuando vaya a rescatarte, me sienta cómoda?

Yo también he mentido, casi con la misma piel. La misma calle, los domingos todos iguales, el marido sonriente que ha dejado de mirarte igual, la misma vajilla sin lavar, el olor a champú, los regalos todos iguales.

Hasta que, una tarde, alguien dentro de ti, alguien que ya no eres tú se pregunta qué andará haciendo tu querido librero y te preguntas si esa niña que sabes que tiene podría ser tuya, si sería rubia como yo o tendría dos coletas, si ya te habrías cansado de mí también, si hay un leve momento en que te acuerdas de mí.

Demos por hecho que tenemos otras vidas. Hablemos como viejos amigos. Te lo pongo fácil, cuéntame sobre la librería, háblame del último cuento que escribiste, háblame de lo que quieras, pero háblame.

Un solo abrazo,
ALINE SOUZA

Aline:

Comencemos, las veces que hagan falta. Volvamos a abrir libros sin leer, cartas por contestar. Pero empieza tú.

La librería sigue en la misma línea, muchas horas y poco beneficio. Al menos, Carlos no se preocupa si no pago algún mes el alquiler y me dice que ya habrá momento. Envejece, por días, y teme que cuando él no esté, su hijo me atosigue tanto que termine haciendo alguna locura. Dice que la solución podría ser que la comprara antes de que ocurra lo inevitable, mientras me recuerda que su edad le pesa como una losa. Yo lo hablo en casa, y demoro la decisión de pedir un crédito, como demoro todo.

Dueño, yo. De una librería.

Estoy escribiendo un cuento, quizá para entender.

Alberto es dueño de una librería. Un gran lector, bastante obsesionado con todo. Tanto como para ir apuntando, uno a uno, a sus clientes. Hasta que, un día, después de que no haya entrado nadie y tras haberse pasado el día leyendo, se da cuenta de que personajes de sus obras preferidas están empezando a visitarlo.

Descubre una tarde a Víctor Goti, quien le pregunta por un libro que no conoce. Aunque no consigue ayudar al personaje de *Niebla* de Miguel de Unamuno, terminan compartiendo su amor por la filosofía y la teología. A las pocas tardes empiezan a discutir por un problema metafísico que ninguno de los dos logra resolver.

Pasan las semanas, y ya espera que aparezca Ramiro, de *Gracias por el fuego*, de Mario Benedetti, un hombre apasionado por la literatura y la poesía. Pero con este tampoco se lleva bien, y a las pocas frases están discutiendo sobre quién tiene un amor por los libros más fiel.

Cuando, a los meses, termina de leer *La familia de Pascual Duarte*, ya está cansado de que los personajes se le aparezcan y con todos termine de la misma manera. Así que cierra enseguida la librería, intentando evitar otras discusiones. Rápido, se va a su casa y, al abrir la puerta, en lugar de su perro, que suele ser el primero en recibirlo, aparece el violento Pascual, quien enseguida lo molesta con preguntas sobre el horario de apertura de la librería, las novedades literarias y cómo la juventud lee menos.

Solo le quedó volver a la suya y reescribir a todos los personajes para que le parecieran más amigables.

No me preguntes por la taberna a la que te llevé porque llevo vetado por listillo una buena temporada. Aún así, quería ver la final entre España y Malta. Me siguen sin gustar ni el fútbol ni los toros, solo te lo diría a ti, vieja confidente, pero tengo que encajar. Aunque tan poco me gusten, se ven en el bar.

Como no se cambia de taberna, eso es alta traición, empecé a pasear cerca, calle arriba y calle abajo. Necesitaban once goles, tarea ardua, pero todos esperábamos que lo consiguieran como regalo de Navidad. Solo muestro atención por ver las caras de felicidad de mis parroquianos. Cuando se percataron de mi presencia decidieron que haría de talismán. Mi cometido sería ir contando goles y, en el caso de llegar a los susodichos, haría mi entrada triunfal en la taberna. Ante esa situación, el tabernero no tendría más remedio que declarar una amnistía permanente.

Logré contabilizar tres goles en la primera parte. Calculé cuándo empezaría la segunda parte. El marcador se disparó. En pocos minutos oí celebrar siete goles. Estaba a un gol de volver a entrar a mi taberna. Ya no andaba, solo intentaba atisbar entre los visillos alguna pista del resultado. Hasta que llegó el undécimo. Salté de alegría y entre celebrando, vociferando que lo conseguimos.

El tabernero me miró sin entender nada, no estaban celebrando nada, sin dejar de mover las manos indicando que no, y que me fuera. Giré para ver la televisión mientras ya salía de la barra con el puño cerrado. Malta había marcado en algún momento del partido. Faltaba uno, pero yo tuve que correr para mi puerta porque el tabernero empezó a perseguirme. Celebré el último gol yo solo, pensando en que fui un gran talismán, uno solitario y un poco alicaído, pero bastante efectivo.

No te preocupes, nos encontraremos. Creo que existen muchos túneles de Arcadia, no solo el que lo une con Nápoles. Seguro que hay un pasaje subterráneo entre tu casa y la mía, también lleno de sátiros, ninfas y bellas mariposas. Solo necesitamos encontrar la entrada y reconocernos en medio de la oscuridad, sin necesidad de hablar.

Como hemos vuelto a empezar, sin nada previo, tendrás que ponerme al día de cómo es tu vida.

Alberto O

Querido librero:

Déjame, lo primero, que intente solucionar tu curiosidad. Así el resto de lo que te cuento lo leerás con la barriga llena y seguro que lo disfrutaras más, ¿quién se enfada después de haber comido su plato favorito?

La vida deberían ser sobremesas sin acabar, medio mareados y con muchas ganas de reír. Si lo que quieres saber es mi día a día, aquí va.

Suelo detenerme en un pequeño café, pedir cualquier dulce excepto los turísticos pasteles de nata; esa suave masa es un regalo para los sentidos, un sabor divino que se desprende de su relleno cremoso y generoso, hecho con huevos frescos, leche cálida y azúcar blanco, todo enriquecido con una pizca de canela y un toque de vainilla, que me gusta tanto que no soy capaz de comerme solo uno, así que prefiero no pedirlos y no tener que ceder a la tentación. ¿No querrás que me pase como hace dos semanas, cuando me comí cuatro en la misma mañana y, arrepentida, estuve tres días pasando hambre para compensar mi glotonería?

Y sí, he ganado peso. Bastante.

Gano peso, lo pierdo. Lo gano y lo pierdo con la misma facilidad. Lo gano devorando dulces, me da igual, me gustan todos. Lo pierdo porque dejo de comer, no porque empiece a comer mejor. Soy así, no entiendo de moderación, en nada. Amo y olvido a la misma velocidad. Olvidar es el antónimo de amar, no odiar. Sin embargo, a ti te sigo pensando con esa medio barriga, con la misma camisa y las botas macizas, aunque no llueva. Quiero comerme un *toucinho do céu*, esos que me hiciste probar en Córdoba, ¿eran con nata o con queso añejo?, y que le llevamos a tu madre.

Te ha dado hambre, ¿verdad? ¿Hambre de mí? A mí sí de ti mucha.

Cuando doy por terminado el pequeño almuerzo, suelo acudir a la pescadería del Sr. Silva, un vendedor con un ojo afilado para elegir los productos que quiere vender, eso sí, todo fresco. Me engancha porque no solo sabe vender el pescado que tiene esa mañana, sino que se afana por recomendar cómo debes cocinarlo. Estos días está empeñado, por más que le digo que no se me da muy bien cocinar, ni tengo la paciencia para hacerlo, en un *bacalhau à brás*, un plato típico portugués que consiste en papas fritas y bacalao desalado rebozado en huevo y pan rallado. Yo asiento con una sonrisa y cada mañana le prometo que lo intentaré.

También suelo ir donde Oliveira. Esta mañana me llevé algunos tomates maduros, cebollas frescas y un puñado de especias para hacer una ensalada; espero que me entre bien. Eso sí que me atrevo a prepararlo.

Antes de subir las cuestas, que están haciendo de mí la medio francesa con el culo más duro de toda la Alfama, me dejo caer por la vinoteca donde me entretengo charlando sobre los diferentes vinos de Portugal. La costumbre de terminar el día con alguna copa de vino no la he perdido.

Como son todos desconocidos, atiendo sin hablar, y eso de saber más, a los hombres, os encanta. En esta ocasión me recomiendan un vino tinto de la región de Alentejo, con notas de frutos rojos y un final suave y afrutado, ya que les he dicho que iba a preparar esta noche bacalao, cosa que no haré, y aseguran que así estará más rico. No saben que me lo beberé igual, con mi ensalada.

Hoy sonaba una canción que me persigue las últimas semanas, como si me quisiera decir algo, ese «Fado da Saudade» que insiste una y otra vez que lo cante. Todas las canciones son para que una las grite con rabia, aunque sean tan melódicas, y los tenderos las escuchen siempre con una sonrisa mientras venden.

Me sigues sorprendiendo. ¿Intentas tener librerías parecidas a las que existen en novelas? ¿Cómo que nunca has ido a una librería? ¿Me vas a hablar ya de tu mujer y tu hija?

Me da envidia que todo te vaya tan bien, pareciera que incluso te ha sido indiferente que te volviera a escribir, señor librero con su ego por montera, que ni siquiera se lo toma como un halago.

Cuídate,
tu ALINE

Aline:

¿Quieres mi vida? Tengo que aguantar al hijo de Carlos casi a diario. Me exige un dinero que no tengo por qué darle. Dice que ya que no puede hacer uso de algo que es suyo que le pague sus gastos. Yo intento lidiar con él, no sobresaltarme porque es familia de Carlos. Me insulta e intenta hacerme ver que el problema lo tengo yo. Me hace recordar la promesa de mi madre de que no dejaría a ningún hombre subir más. ¿Te llega ya como pena que, aparte de atosigar, te sigan recordando que mi madre se dedicó a la prostitución en su juventud? Cumplió su promesa, al menos.

Pude acompañar a Pablo a Madrid. Nos montamos en mi humilde pero nuevo coche y, una mañana, casi de madrugada, pusimos rumbo. Nunca había hecho un viaje, lo más que hago es cargar libros de casa de clientes a la librería. Estaba acongojado cuando pasamos Despeñaperros, ¡menudas curvas! Paramos a menudo, y vi otros pueblos. Otras vidas. Señoras tomando el fresco a la puerta de sus casas, sabores diferentes, acentos que enganchan, gente en las cafeterías charlando sin prisas…

Me costó mucho orientarme por Madrid, me perdí varias veces. Menos mal que habíamos comprado un callejero de la ciudad. Así, Pablo me fue guiando entre cláxones, humos y un ruido que hacía difícil concentrarse. Como el hotel estaba cerca de la plaza Santa Ana, decidimos dar un paseo por el barrio de las Letras. Entré por primera vez a una librería que no fuera la mía y me quedé ensimismado. Al rato volvimos al hotel, como yo no estaba cansado, salí yo solo a dar un paseo. Busqué la calle Atocha, la calle Preciados y el oso y el madroño. Monté en metro por primera vez y me sorprendió la cantidad de gente que iba leyendo. Y deseé vivir allí, entre gente que lee antes y después de ir a trabajar.

A la mañana siguiente, quiso enseñarme la cuesta Moyano, y lo que iba a ser solo un vistazo resultó en toda la mañana. Al mediodía nos despedimos, me agradeció la compañía y planeamos un próximo encuentro, tomando un buen fino de las bodegas El Gallo.

Yo me quedé un poco chafado porque pensé, iluso de mí, que iría a la ceremonia; esperanza que no perdí hasta los últimos segundos. Pasé el día paseando sin rumbo, comiendo bocatas de calamares y con la extraña y molesta sensación de no conocer a nadie. Pasé la noche sin más, echando de menos a los míos, y nada más despertar, me incorporé a la nacional IV de vuelta a mi casa, que quedaba mucho más lejos de lo que la recordaba.

No entiendo, tampoco he puesto mucho esfuerzo en ello, en dónde encuentras la rareza al respecto de no haber entrado en ninguna otra librería. ¿No será eso fallarle? ¿Te imaginas a un doctor no acudiendo a su mismo hospital en caso de necesidad? ¿O te lo imaginas recorriendo otros hospitales a ver cómo son? ¿Acaso un abogado conocido optaría por que lo defendieran en otro despacho que no fuera el suyo? De todas formas, y no te quiero adelantar mucho, lo he podido solucionar.

Cada vez que releo tu última carta, porque como a los libros, siempre hay que releerlas, me entra hambre. Por cierto, discuto, a menudo de manera enervada, con Carlos sobre si

hay que releer los libros, aspecto que yo considero obligato-
rio, y en cuanto le recuerdo cuántas veces escuchamos una
misma canción, se bate en retirada. No me distraigo, hay un
momento en un cuento de Cortázar que me ha evocado tu
visita a la pastelería. Una comida compartida, donde al llegar
a los postres las vidas se despiden. Espero que ese postre no
sea el final. Lo he tenido que volver a leer. ¡Qué cosa más
extraña leer un cuento que puedo tocar tan cerca y que sea
capaz de llevarme allí, contigo, tan lejos, donde los dos estamos, probamos estos pasteles a los que les intento adivinar el
sabor!

¿Será el elemento inseparable de la cotidianidad en Portugal lo que nos esté acercando y, a más de seiscientos kilómetros, estemos saboreando el mismo pastel de nata?

¿Será el momento de contarte que me casé con Laura y
tenemos una hija preciosa llamada Helena?

¿Cómo explicarte que el amor son etapas y, ahora, empieza a ser una dulce rutina regada con la seguridad de que
tendrás a alguien a tu lado?

Existirán más vidas, podría amar a más mujeres, pero
siempre estaré al lado de Helena, hasta que ella ya tenga
quien la necesite más que yo a ella.

ALBERTO O

Querido pastel de nata:

¿Y si tus cartas son miguitas, como las de Hansel y Gretel, para no olvidar nuestro camino de regreso?

Empiezo:

No me llamo Aline. Al menos no siempre fue así. Cuando nos mudamos, mis compañeros de clase tropezaban con mi nombre. Dicen mis padres que un día, sin más, volví del colegio y anuncié: «Me llamo Aline». No tengo recuerdo de ese momento, pero desde entonces nadie ha usado otro. Así que soy Aline, por decreto propio. Una vida redibujada desde el nombre. Un error dulce. Como el primer borrador de algo que no se revisa jamás.

Fui Bárbara, lo sigo siendo para mi madre. Mi padre, quien me puso el nombre por Barbara Stanwyck, aceptó bien el cambio en cuanto notó lo absurdo que suena esa «r» con acento francés.

Los amores solo son atajos que una toma para no volver a vivir lo que duele. No es culpa de Alfonso. Es bueno. Excepcional. Refinado hasta en los silencios. Quiere que tengamos hijos con una ternura feroz, como si la paternidad fuera el hilo que pudiera sostenernos. Me lo contagia. A veces finjo que también lo deseo. Me esfuerzo por querer lo que él quiere.

Te lo explico porque tú me tomas como confidente, cosa que me encanta. Tú lo entiendes así, y eso que muy normal tu hogar no fue.

¿Quizá es por eso que crees que un hogar solo se forma con hijos?

Alfonso solo piensa eso. No quiero esa estabilidad: eso es monotonía. No es vivir. Solo tengo que mirar a mis padres, a mi infancia. ¿Eso era un hogar estable? Mirarlos y no querer repetir una historia que terminó con el abandono de mi madre.

¿Vas a atarte para no cumplir tus sueños? Cuidar o cumplir sueños: ambas cosas son complicadas. Además, ¿seré yo suficiente para quien me necesite? ¿Y si, con los años, empiezo yo a necesitarlos más que ellos a mí? ¿Tengo que obligarlos a que me cuiden solo porque yo los cuidé? «Elígeme», le suelo decir, pero a mí sola. Sin plantas, ni gatos… ni hijos.

Podrán seguir pasando los años, podré casarme, dormir con otro. Engañarme, decirme que lo tengo todo y sin olvidar lo importante, sueños por cumplir. Hacer ver que quiero lo mismo que él, una familia. Pero yo no quiero ser madre, yo no quiero cambiar pañales, yo no quiero que alguien dependa así de mí. No quiero porque no me veo preparada ante tanta responsabilidad, no me veo capaz y no pasa nada.

No todas queremos lo mismo. Alfonso no lo entiende, yo no sé si ceder por él, a sabiendas de que sé que será buen padre y que, lo mismo, con eso es suficiente.

Y no basta, porque aquí estoy, escribiendo en los ratos que se va. Pensando en ti, en el olor de tu piel. Contando los días para que se vaya y los años sin verte. Si vienes a verme —y solo si es la tercera semana de octubre— no me moveré de tu lado. No preguntaré nada. No exigiré nada. Solo eso. Solo estar.

Voy a intentar llamarte al teléfono que me diste, por si acaso contesta. Al menos, escucharé tu voz.

Mi padre dice que ahora participa en tu club de lectura.

¿No crees que se te olvidó contarme algo?

Háblame con voz propia, eso es lo que os piden a los escritores, y no a través de lecturas, por favor.

ALINE

Tienes razón, es lo primero que he pensado. Voy a intentar explicarme sin nombrar a ningún personaje de ficción, a ver qué tal se me da.

Volver a repetir la insensatez de reencontrarnos, ¿para qué? ¿Echarlo todo por tierra por algo que ya pudo ser y no fue? Saciarnos, cansarnos de nosotros.

Recuerdo años, años enteros, años largos y casi sin fin en los que te anhelaba con todas las voces, esas que se escapan por las orejas y creen oírte, reconocerte, en cada tono de voz que oigo distraído por la calle y me recuerdan que no eres tú, que no hace falta que te gires para saber que no estás. ¿Qué nos queda si no atendemos a los que nos quieren? ¿Cómo voy a explicar en casa que me voy a Lisboa? ¿Cómo le explico a mi Helena, con sus ochos años, que no habrá cuentos durante tantos días? Si yo lo que debería hacer es deshacerme de ti, antes de que sea demasiado tarde.

Además, Helena pide hermanos, cree que se va a quedar sola. Va preguntándose qué será de nosotros y hace cuentas, nos pregunta la edad. Quiere que le hable de mi madre, exige saber hasta qué año vivió para hacerse una idea. Aduce que si tiene un hermano, ella podría cuidarlo cuando no estemos. Lo pensamos durante años, lo valoramos. Decir la palabra «valoramos» suena más dócil de lo que fue. Porque yo me niego a volver a pasar por noches en vela, por lloros interminables, por no saber qué le pasa, por vacunas que dan fiebre, por tos y mocos, por preocuparme por todo: si ya anda, si gatea ya, si dice palabras, si distingue formas, colores, objetos, si cuántas veces hace caca, si ha dormido sus horas, si ya come sólido, y si ya lo come que sea variado... Con mi forma de ser todo eso se vuelve un examen diario donde creo que me evalúan a mí como padre. Así que la negociación fue corta, concisa y breve.

No quita que me alegre de haberlo vivido, de haber tenido esa experiencia. Esos años vas tan cansado que la vida parece una resaca interminable donde nadie te ha invitado a beber.

¿Cerrar una semana entera la librería? No estaría muy cómodo con esa decisión.

Me alegra saber que tu padre está tan enganchado al club de lectura. La verdad es que los sábados se me hacían muy largos, una sensación extraña, de añoranza. Escuchando a unas clientas vi que no sería mala idea abrir un club de lectura y que las clientas fueran quienes eligieran las obras a leer.

Solo hemos sido capaces de quedar tres sábados. Los dos primeros fueron autoras, cosa que agradecí porque en esta librería abundaban menos. Eligieron *El balneario* porque una clienta, la intrépida con pelo largo, había visitado la casa de la autora en unas vacaciones. Me pareció increíble que supiera dónde lo había escrito y poder reproducir ese espacio tan íntimo en mi librería.

Meses después leímos *La señora Dalloway*. Fui capaz de empezar a entender esa sociedad inglesa tan compleja, tan distinta y, a la vez, tan parecida a la nuestra. Entendí que la vida puede pasar en un solo día, que las buenas novelas solo duran eso. ¿Sabes la sensación cuando parece que serías amigo de un personaje de ficción? ¿Conoces la sensación de que parezca que el libro está escrito para ti?

¿Nos salvarán los libros de nosotros mismos?

Todo fue bien hasta que leímos *El amante lesbiano*. Me vine arriba: era la primera lectura que yo elegí. Coloqué algunos carteles, pero «¡ay amiga, con la iglesia hemos topado!», soltó Don Quijote al chocar con ese muro que daba a la ermita del cementerio. Han aparecido grafitis insultándome, otra vez, sobre lo que han considerado un centro de perversión. Imagino quién debe estar detrás de todo, quién se agazapa bajo las sombras. Mi querido enemigo debe haber cambiado de estrategia, además de buscar nuevos aliados. Ya lo intuí, cuando el otro día, en una reunión en la Hermandad del Huerto, el cura de San Francisco me soltó, sin ton ni son, algunos improperios sobre lo indecente que son algunas lecturas para la comunidad. He parado, no sé si merece la pena seguir adelante con el club, a sabiendas de que tengo al barrio en contra.

Estaré, con mil remordimientos, siete miedos y una gran contradicción, allí en la fecha que me propones. Llevo meses diciendo que quiero ir a Lisboa a comprar la revista literaria que publicó, con gran criterio, mi cuento. Ahora es el momento.

Te dejo el nuevo número de teléfono, llámame en horario de mañana siempre pidiendo algún libro y que siga pareciendo que la necesidad de verme te sigue ahogando.

ALBERTO O

¡Feliz Navidad!

¿No pensarás que me voy a conformar con las llamadas de teléfono y perderme tus cartas? Sigo en Lisboa, sigo aquí, pero la ciudad ya no es la misma. Empiezo a creer que Alfonso, tampoco.

Las calles siguen igual: suelo empedrado, tranvías y dulces por doquier. Yo cada vez estoy sumando más kilos y creo que me estoy pasando con la bebida, con el vino. Alfonso, iluso, piensa que puedo estar embarazada, pero empiezo a sospechar que eso no va suceder y por un lado me alegro.

¿Me querrá igual si no soy capaz de darle los hijos que no quiero? Seguro que estás pensando cómo hacer nuestros encuentros más continuos, que no solo sea uno cada diez años.

Vuelve, pastel de nata. Vuelve a mí y sigamos teniendo historias de las que sentirnos orgullosos. Vuelve para caminar tomados de la mano por sus calles empedradas, a disfrutar de un café en una de sus plazas llenas de vida, y volver a contemplar juntos una ciudad que nos ignora desde la cima de sus miradores.

Gracias por el libro; lo releo y nos busco ahí. Quiero ese olor de almendras amargas y probarlas todas hasta que tú me las dulcifiques.

Te extraño, Florentino. Te extraño con todo mi amor y cólera.

Querido librero:

¿Dónde te has metido estos días? ¿Qué estás haciendo tan importante que no me atiendes? Llevo semanas intentando comunicarme contigo sin éxito, ¿acaso me estás olvidando?

Seguro que sigues escribiendo para mí, seguro que escribes la inicial de mi verdadero nombre al final de los libros que te recuerdan a mí. Pero házmelo saber, no soy tan fría.

Hazme saber que sigues enamorado de mí. Necesito sentirte cerca, necesito saber que todavía hay pasión entre nosotros, que la llama sigue viva. Necesito necesitarte.

Como te conté en la última llamada, estaré en Barcelona pronto para representar «El retablo de las maravillas», una sátira sobre la hipocresía social y la corrupción escrita por Miguel de Cervantes en el siglo XVII, en el Teatro Principal. Sé que tu esposa tiene familia allí, que emigró desde Córdoba. Sería una oportunidad maravillosa para conocer a tus seres queridos y pasar tiempo juntos. Aunque tu verdadera querida soy yo, lo sé. (Te estás riendo).

Podríamos vernos en Barcelona. Solo poder decir «podríamos» ya es una delicia para mí. Sé que esta puede ser una propuesta arriesgada, pero todos los toreros son valientes. Si lo piensas bien, verás que este es el momento perfecto para vernos.

Y si no lo piensas, que a veces es mejor, también es el mejor momento.

Con todo mi cariño, con todo mi cuerpo.
Tu ALINE

Aline:

Como me has pedido, te lo cuento en carta. Aquí va tu mi-
guita de pan.

Debe ser una de las cosas más emocionantes que me han
pasado. Me di cuenta en cuanto estuve frente al banquero, aunque también me percaté de que se me había olvidado desayunar
con los nervios, con el corazón latiendo con fuerza y la incerti-
dumbre latente de si conseguiría el préstamo que necesitaba
para pagar mi anhelada librería; estaba en peligro de perderla.

Después de años de trabajo duro me sentía a punto de
ser manco o cojo.

Está siendo una primavera muy seca y eso hace que la
alergia se apodere de mí: toso, me pica la garganta y me llo-
ran los ojos. Suspiro por una lluvia que disminuya el polen.
Con ese percal, y mientras debía hacer un uso continuo de
mi pañuelo por los mocos, comencé a explicarle al banquero
el funcionamiento de mi gran negocio. Se lo conté como lo
vivo, como lo siento. Las ganas de que fuera mía, mis clientes, mi maltrecho club de lectura… No parecía igual de entusiasmado y empezó a caerme fatal.

Me propuso, en su lugar, abrir una tienda, quizá de electrodomésticos. Quería que vendiera microondas y lavadoras.
Me negué rotundamente, solo le contesté que si hubiera leído
más no se habría puesto un traje tan oscuro en un día de
claro y, al segundo, me arrepentí de haberlo dicho.

Tras una extensa negociación, el banquero, nombre insulso para alguien que trabaja para un banco que nunca será suyo, finalmente accedió a otorgarme el préstamo.

Llevaba los papeles del crédito en la mano, pensé, por unos instantes, en dejarlos en la librería. Al pasar por la taberna decidí que había que celebrar primero. Llamé a casa para contar la buena noticia y avisar que me quedaría a celebrar. Invité a una ronda completa. Como no se me iban los síntomas de la alergia, me tomé Zasten, un antihistamínico. Aunque insistían en preguntarme por el motivo de celebración, sé perfectamente que no es buena idea contar mucho, así que dije que era por la vida.

El mustio y desagradable tabernero, como debe ser, sacó tapas para todos. Se fueron animando tanto que seguimos bebiendo incluso cuando, a las cinco, sacó el perol.

Tanto brindamos que cayó la noche y ya la alergia no me molestaba: ni me picaba la garganta, ni recordaba haberme sonado mocos desde que salí del banco. Como tampoco recordaba que los antihistamínicos maceran muy mal con los vinos rasposos.

Cuando se presentó la somnolencia estaba en la taza del váter, haciendo de vientre, aunque se resistía a salir, con lo que, solo para ayudar y quizá, para relajarme un poco, apoyé la cabeza contra la pared de un azulejo tan frío que pareció aliviarme la cara ya chapeteada de tanto alcohol.

Cuando desperté el bar estaba cerrado y todo en silencio. Pensé en llamar a los locales, o al dueño. También pensé llamar casa, pero era tan temprano que decidí esperar.

Pensé en mi niña, en qué excusa se habrá inventado Laura para explicarle que papá no estaba en casa. En Laura, angustiada y buscándome toda la noche. Cuando se acercó la hora de abrir, sabiendo que el dueño vive arriba, llamé a contárselo. No quería que se asustara al verme. Tan desagradable como siempre, solo me dijo que le extrañó que dejara todo sin pagar y que me tomara una caña, para equilibrar el cuerpo.

Rehusé, pagué todo lo que debía y me fui en busca de jeringos para llevar a casa, por si colaba. Lo único es que ni me acuerdo de por cuánto me concedieron el préstamo, ni si las letras eran todas iguales.

Me da igual, yo tengo una librería y, el banquero insulso, no tiene nada.

Menos mal que Helena no me lo tomó en cuenta. Crecen, crecen y cambian, crecen y empiezan a tener gustos diferentes, reflejos que ya no son tuyos y no sabes de dónde vienen.

Ahora, con once años, se encierra a escuchar música que graba en cintas. Escucha Los 40 Principales los sábados por la mañana y no viene a recogerme a la librería hasta que no sabe el número uno de esa semana. A mí me recuerda a cuando escuchaba música en inglés solo porque la profesora de la academia me había dicho que tenía que educar mi oído y que esa era una buena forma. Menos mal que no me oyó cantar, a saber qué me habría mandado hacer, lo mismo ir al Gran Teatro a escuchar ópera.

Me puso antenoche la cinta, quería que la escucháramos juntos porque había descubierto un grupo nuevo, algo de Ibiza. También me pidió una revista y que si le podía conseguir unos abanicos. Me acordé de los de mi madre, de sus cosas que ya no envejecen y siguen siendo nuestras, aunque no estemos.

La llevé al desván, ya sabes, donde sigue estando el cuadro de Lagartijo. Le enseñé el baúl, rebuscó y le encantaron dos o tres cosas: un abanico enorme rojo, una bufanda con colores estrepitosos y una chaqueta de punto de color morado nazareno. Estaba encantada, me puso la canción y bailó, saltó e hizo como si fuera ella quien cantaba. Yo solo miré, embobado, y estuve a punto de bailar con ella.

Acabarán estos momentos, y el miedo ya se ha puesto en cola. Me va avisando de que se aproxima el momento de entender que estas tardes, van a pasar, sin avisar.

Curioso lo del miedo, lo que temía ahora me parece anecdótico, a veces ridículo. Desde el principio, desde las primeras náuseas, temía que el embarazo fuera mal, ya ves, nosotros que no servimos para nada en esos momentos. Tanteaba como ser útil, de qué manera podía aliviarla.

Aguanté consejos, el peor, fueron las infusiones de jengibre. Las preparaba y las tomábamos juntos. La primera vez, cuando llevaba unos días prácticamente sin moverse, estuvimos muy serios. Pero me miró, y yo la entendí. Solo con mirarla sabía que se iba a partir de risa, le hace mucha gracia que alguien le prepare algo, con cariño y atención, y el resultado sea catastrófico.

Y ahora, sin embargo, el miedo es el mismo que de joven, como si los miedos fueran capaces de irse turnando. Lo mismo están en fila india esperando su momento. Todo el tiempo que me doy para mí, para leer, para escribir algún relato corto, ya que novelas me cuestan, se lo quito a ella.

Me pasaba con mi madre, con su necesidad de compañía de los últimos años. Con los paseos de la tarde, con llevarla a ver a la tía Curra. ¿Dónde queda la delgada línea que nos indique dónde puede empezar alguien a tener tiempo para él?

Admito que no me costó darle mi tiempo a Laura en cuanto la conocí: paseos largos por la ribera, tomar algo con sus amigas, algún guateque, pocos, ya me conoces. Ahora lo escribo y lo empiezo a entender: quería que me quisiera. No quería querernos, quería que fuera ella la que cayera rendida. ¿Para qué lo quise? ¿Para olvidarte? No lo sabría decir, y es mejor no saberlo seguro.

Quedarse con la duda de si es mejor querer o ser querido, sabiendo que nadie sabe querer y ser querido en las mismas proporciones, y que hay que conformarse con elegir una opción.

¡Celebrémoslo en Barcelona!

ALBERTO O

Alberto:

No recuerdo haberte visto llorar. ¿Eres capaz de escribir desde las lágrimas? No puedo aceptar tu propuesta, lo siento. No puedo irme a Córdoba.

¿Acaso vas a dejar a Laura?

Sal de ahí si, como dices, te sientes desdichado. Sal, huye. Pero no quieras que yo sea una más allí. ¿De qué voy a vivir? ¿Qué hará Laura cuando me vea? ¿Vas a dejar de inventar cuentos cada noche para tu hija solo por apaciguar tu deseo? ¿Tengo yo la culpa de que nadie te toque como lo hago yo?

No quiero pedirte que abandones a tu familia, ni que cambies tu vida en Córdoba por mí, y tampoco estoy dispuesta a dejar mi vida y mis responsabilidades para irme contigo. En el fondo sé que no estoy preparada para renunciar a mi vida actual, con todos sus privilegios y comodidades, por una vida en una ciudad de provincia con menos recursos y posibilidades.

Tú has sido sincero, qué menos que lo sea yo. Quiero a Alfonso, diferente a como te quiero a ti, pero quiero mi vida con Alfonso.

Quiero que sigamos hablando, las voces y los ojos no envejecen. Mirémonos en ellos y olvidemos el resto, olvidemos lo que ya nos hemos perdido. ¿Cómo que quieres tener familia conmigo? ¿Cómo que quieres tener más hijos? Hace nada me contabas que no querías darle un hermano a Helena, y ahora se saltas con eso.

Yo nunca los quise. Nunca me lo imaginé.

No te enamores de mí, que yo no quiero tener hijos, no quiero tener a alguien que dependa de mí.

¿Cómo voy a hacer cuando me salga una obra en cualquier ciudad? ¿Lo dejo con la abuela? ¿Se lo llevo a mi padre, a Córdoba?

Tuve una planta. Tenía que haber comprado un cactus.

Creí que bastaría con echarle agua algunos días, con mirarlo y esperar que floreciera. Los primeros días lo regaba y lo ponía bajo la ventana. Como no parecía crecer, empecé a regarla al mediodía. Como tampoco parecía funcionar, empecé a regarla también por la noche. Imaginé que tendría que tener nuestras mismas rutinas.

A las semanas, las hojas se volvieron amarillas y apareció un olor insoportable, hasta que pareció secarse del todo.

Solo avisarte que no me baja mi regular periodo desde hace dos meses. No creo que tenga que explicar más.

No desaparezcas. Sigamos construyendo ciudades juntos y no nos quedemos en la misma. Además, ahora nos mudamos a Sevilla.

Aline Souza

Vas a ser una madre estupenda, envidio a Alfonso. Seguro que sois una de esas parejas modelo, que leen lo mismo, hablan sobre lo mismo, piensan lo mismo, comen lo mismo, se ríen al unísono y son apreciablemente odiosos. No tienes nada que perder y ahora que yo sí lo he querido perder, tú no has querido tenerlo.

Lo voy a escribir, porque por teléfono no soy capaz de decirlo: no creo que sea una buena idea que nos veamos con tanta frecuencia. De hecho, no creo que sea buena idea volver a vernos.

Tienes razón, solo te quiero aquí por egoísta. Solo te quiero por comodidad, por calmar mi deseo. Por tener a alguien a quien le guste tocarme.

No quiero sonar egoísta.

Tú decides no venir, perfecto. Yo decido no verte más así.

Pienso en nuestras cartas, y más ahora que ha llegado un ejemplar de la correspondencia de Flaubert con Louise Colet, que abarca unos diez años, desde 1846 hasta 1856. En esas cartas, Flaubert se muestra apasionado, emotivo y profundamente enamorado… Expresa su frustración por el poco tiempo que pueden dedicarse el uno al otro debido a sus compromisos profesionales. Se deja ver que es un perfeccionista que trabajaba durante largas horas para lograr la plenitud en su escritura. Disfruta hablando de sí mismo, de cómo escribe. Tener alguien a quien hablarle de tu página en blanco también es amar.

Tengo que dejar de escribir, paro aquí porque escribo en la librería y tengo al hijo de Carlos frente a la puerta, junto a dos o tres compinches, molestando a los clientes, ya pocos pero bien seleccionados. Llamaré a los municipales, que ni siquiera levantarán acta y a las pocas horas los tendré otra vez por aquí, intentando hacerme ver que me perdonan la vida con cada una de sus miradas.

Alberto O

Querido Alberto:

Piensa en cómo haces sentir a los demás antes de volverme a escribir.

No empieces a torcer la cabeza, no voy a dedicarme a exponer tus carencias emocionales, más cuando esa forma tan extraña de querer me atrapa hasta volverme una pegajosa niña tonta. Repítelo en voz alta, despacio: «Me siento mal».

Yo, que escribí de manera apresurada; tú, que la habrás leído medio escondido, atrincherado en una librería solitaria. Pensé que estarías emocionado de saber que estaría más cerca de ti. ¡Qué ilusa! Seguro que sigues escribiendo a escondidas. ¿Dónde lees mis cartas? ¿En el baño? ¿Dónde las escondes? Seguro que ahora las guardas por la librería: Laura ya no te ayuda.

¿Quieres saber cómo me enteré de que iba a ser madre?

No te volverás a acordar de con quién hablaste el pasado domingo, qué preocupación exagerada tuviste, ni qué llevabas puesto. Solo me voy a acordar de una imagen: las manos temblando con el test de embarazo. Lo miré, me miraba al espejo, lo volvía a mirar, negaba con la cabeza, lo volvía a mirar, me volvía a mirar.

No sonreí, no quiero ser madre.

Alfonso vino inusualmente tarde, cuando se lo dije lloró de la emoción, me abrazó tan fuerte que pensé que podría vivir en ese gesto. Apenas me duró unas horas la sensación. A los días, en mitad de escena, con los focos encendidos, el cuerpo me avisó. Me lo dijo muy claro. Como no quise escucharlo, me desmayé. Solo recuerdo estar ya en el coche con Alfonso hablándome de lo que voy a necesitar cuidarme. Yo, que no quiero ser madre.

Ando y hago muy poco estos días, y más desde la visita al médico y mi diagnóstico de embarazo de alto riesgo. Solo me preocupo de hacer algo de compra a primera hora, y espero paciente a que Alfonso venga. Anteayer pasé por una iglesia, yo no soy mucho de rezar, pero me senté un rato sin saber qué pedir. Yo, que no quiero ser madre pero sí hacer feliz a Alfonso.

¿Serás capaz de no venir a verme ahora que estás tan cerca? Sigues siendo el mismo cobarde que se volvió de París a escondidas. Ven a calmar tu deseo.

Sí sé entender que eso es una forma de amar, que no siempre es todo o nada.

Con lo curioso que eres puedo explicarte cómo, al estudio donde trabaja mi marido, el de Álvaro Siza Vieira, se le ha asignado finalmente la construcción del pabellón de Portugal para la Expo de Sevilla.

En breve comenzarán las obras, así que mínimo estaremos unos años por aquí.

Con cariño.

Carta que nunca te mandé.
Vacaciones de Semana Santa en Córdoba.

El sol, esquivo y caprichoso, se cuela por mi ventana y baila sobre la página en blanco sin preguntarme si me distrae. Me pregunto qué dirías si estuvieras en mi lugar, contemplando el mismo espectáculo de un piso medio vacío, de una vida a medio hacer. La luz debe parecerse mucho a pensar en quien no vemos, a amar a quien no tocamos.

Mientras miro por la ventana, me doy cuenta de que la luz y la sombra no son tan diferentes. Pienso en una escena de teatro, ambas son necesarias para dar profundidad y textura a la escena. Sin la luz, la sombra no tendría nada contra qué contrastar; sin desamor, el amor no tendría nada a lo que envidiar. Lo volví a descubrir el día que te vi sin que me vieras.

Empiezo a entender, quizá más tarde de lo necesario, que solo somos lo que recordamos haber leído, lo que somos capaces de contarnos. Así que procedo a contarnos mi ruptura con Alfonso.

De repente, mis pensamientos se dirigen a la plaza de San Lorenzo, a una procesión en Córdoba y la manera en que la luz y la sombra se entremezclaron en ese día de luto y tristeza mientras las campanas doblaban. Estoy allí, perdida entre una bulliciosa multitud que desprende tanto calor que me incomoda. Todo lo que era jolgorio, conversaciones y voces va bajando el tono en cuanto alguien corta la luz del alumbrado público. Comienzan a escucharse unos rezos unísonos que son capaces de terminar de acallar a la muchedumbre. Tenían razón los que me contaron la escena tan peculiar que forman los nazarenos de negro y sus zapatillas de lona y esparto, los faroles que portan y el velo de humo que parece anunciar que algo está a punto de pasar.

Estoy allí, acompañada por mi marido que no parece entender nada y no ha mostrado ningún interés por mi ciudad, por mi infancia; mientras el incienso lo impregna todo con su característico olor y un toque de vainilla que me recuerda a los pasteles que me compraban mis padres. Al momento, miro hacia arriba forzando el cuello y me deja ver lo que ocultaba: un cristo ennegrecido, con una cabellera igual de oscura, adornado de cardos, espinos y lirios; acompañado de unos cánticos que ya había escuchado en alguna misa. Vuelve el murmullo y pienso si las campanas no me estarán intentando avisar de que ha llegado el momento de saber despedirse.

Estamos en 1996 y también es un lunes, lo sé porque cuento los años que llevo sin tocarte y estoy a punto de empezar a contar los días. Cuando la gente se dispersa, y mi marido me ha dejado sola con la excusa de una llamada que atender, te veo.

Te veo y no me acerco, me quedo petrificada por más que intento mover manos y piernas. Mientras te observo me doy cuenta de que las cosas más importantes de la vida a veces se escapan a nuestras decisiones. Sé que si supieras que estoy allí solo me mirarías a mí.

No puedo evitar seguir mirándote, escrutar las personas que forman tu vida, que votan en tus decisiones. Miro a tu

Laura, miro a tu Helena, y las envidio por tener tu atención, sin ningún tipo de miramiento.

Por primera vez, no me parece tan mala idea haber ocupado un lugar que no me correspondía.

Todo se vuelve pasado demasiado rápido. Solo me hizo falta sentarme una tarde a la vuelta de ese nefasto viaje y contarle que lo dejo, que ya va siendo hora de saber quién soy. Deshacer el entuerto, declarar que si yo no sirvo como madre de sus hijos, él no me sirve como marido.

Tenías razón, puedes escribir para olvidar las insatisfacciones de la vida y así, escribiéndolo hacer oficial que amando también se fracasa. Puedes quedarte con Laura, con Helena, con quien quieras, pero a quien quieres es a mí.

Vuelve cuando lo necesites, sin buscar razones. Porque ni hoy es siempre, ni ha terminado nuestro todavía.

Hola, Aline:

En cuanto vi el sobre, supe que era tuyo. Es más, llevaba unos días en los que intuía que llegaría algo más que no fueran facturas por pagar. ¿Cuánto ha pasado desde que te mudaste a Sevilla? ¿Sigues por ahí? Intuyo que no: el matasellos es de París.

Me ha extrañado que no hubiera texto prácticamente, solo un libro y varias preguntas. La verdad, no se me ocurre una forma más exitosa de hacer las paces.

Es curioso cómo desaparecen las llamadas, dejamos de escribirnos y siempre volvemos, como si tal cosa, como si ya no nos hicieran falta excusas para buscarnos una y otra vez. Me alegra que me hayas vuelto a escribir.

Gracias por el libro; no lo conocía, investigaré sobre Saramago, aunque creo que ya me lo habías nombrado. Como las cartas hay que empezarlas de alguna forma, decido que voy a dedicarme a responder todo lo que me preguntas.

Aparco también el libro que llevo años releyendo por ti, *El nombre de la rosa*, y pienso en si eres consciente de las pocas personas por las que dejaría de leer a propósito para dedicarles unas horas.

Como sé que te gustará saberlo, y ya que lo preguntas, sigo poniendo al final de los libros tu inicial.

Tantos años dan para mucho. Dan para que Helena haya empezado Magisterio y yo empiece a entender que se me va, que ya ha crecido tanto que es capaz de pensar en su futuro. Para aprender que sigue tan responsable y buena hija como siempre, pero que va dejando de ser hija —al menos, yo me siento menos padre— porque se adentra en el mismo mundo que yo ya habito. Fijarme en cómo anda Laura, eso es lo que me encanta: cómo ella, tan alta y esbelta, sabe dar pasos tan cortos que es capaz de andar en silencio por toda la casa. Sabe qué quieres, cuándo animarte, cuándo enfadarte. Intenta sacarme de mi zona de confort, de mis cuatro calles y mis cuatro amigos, que ya van siendo conocidos. Ese cambio, de «amigo» a «conocido», es inevitable en cuanto dejamos de tener recuerdos nuevos, cuando ya solo sabemos recordar lo vivido.

La echo de menos en la librería. Sabía tratar mejor que yo a los clientes, hacerles ver que a cada uno le vendría bien una lectura. Como no las controlaba todas, ponía mucha atención cuando me oía hablar sobre las nuevas novelas que iban llegando, y hacía el relato suyo. Si le preguntaban, no mentía, lo negaba y admitía que ella no la había leído, pero que alguien que entiende de esto, seguro que sí.

Cuesta entender que tu sitio es estar con quien te despiertas. Más ahora, que se pasa el día encamada.

Dan para poder pasar largas temporadas, sobre todo en verano, entre Torremolinos y Benalmádena, cerca de Pablo, pero también de guiris que, colorados, beben enormes jarras de cervezas como si se bebieran una vida, mirando alrededor y preguntándose si habrá otra para tomársela.

Dan para publicar una pequeña colección de cuentos, maquetada por Helena, corregida por mi querido club de lectura y que, a cuentagotas, vendo con inmensa satisfacción en la librería, donde lo he colocado entre Delibes y Laforet, esperando que se le pegue algo, solo un poco, de ellos.

Con los años no veo mucha diferencia entre criar a Helena y escribir. Dejar que un texto vuele libre, entender que tiene ideas propias. No poder vivir sin ella, no estar cómodo sin inventar otras vidas que no vives. ¿Seré capaz de entender que tengo que dejar volar las cosas para entender que son mías?

Tengo una congoja incipiente, como la calvicie, en los días que no escribo. Solo dura unas horas, en seguida hay una sensación de pérdida, de dejar ir algo que ha sido una parte fundamental de la vida durante tanto tiempo.

¿Cuándo debo soltar la idea de escribir una novela y admitir mis derrotas? ¿Cuándo debo empezar a entender que Helena se encamina a pasos gigantes a ser una desconocida que no me necesita?

Lo más fácil, ya me conoces, es hablarte de la librería.

Prometo que, si sigue de nuevo nuestra correspondencia, lo haré encantado de Helena y Laura. Te anticipo que siguen en mi vida.

Te cuento un misterio.

Empecé a notar que un cliente llegaba siempre los sábados a última hora, ya casi al mediodía. Casi antes de cerrar. Yo, normalmente, no tengo prisa, pero los sábados, ahora que hemos reflotado el club de lectura, intento descansar algo antes de volver a la librería.

Nunca compraba nada, solo lo veía ojear algunos libros. Debió pasar casi un año y me terminé resignando a la idea de no saber qué buscaba. ¿Para qué vas a una librería si nunca vas a comprar libros? No creo que exista alguien como yo que se entretenga solo mirándolos.

Un sábado, ya cerca de Navidad, no conseguí verlo. Pensé que sería porque es uno de los pocos momentos del año en el que hay bastantes clientes. Hasta que me di cuenta.

Lo vi entrar, mirar a la derecha, al mostrador. No me veía entre tanta gente, así que soltó un libro que llevaba bajo el abrigo y lo colocó juntos a los que vendo. Dio una vuelta por la librería, y sin más, se marchó.

Corrí hacia el libro. El título decía algo sobre cómo querer a alguien. Era un folletín entre dos enamorados que no eran capaces de verse. Me pareció que no tenía ningún interés y lo retiré sin más. Una buena novela se intuye cuando creemos que nosotros también somos capaces de escribirla, y esta no era el caso.

Si termino la novela, si alguna vez firmo alguna, pondré tu inicial al final del libro, para que los que sepan terminar las historias que contamos sean testigos de a quién deseo, igual desde hace años, cuando pensaba en ti mientras leía.

Me pides saber por mi vida, por Laura, por Helena... Te recuerdo que en nuestro mundo solo existimos los dos y ahora tú eres mi tercer amor.

¿Cómo va tu hijo o hija? ¿Qué tal con Alfonso?

Gracias por volver a escribir.

Alberto O

Querido Alberto:

No, no sigo en Sevilla, como tu perspicaz curiosidad te ha hecho darte cuenta. ¿No te has planteado ser detective privado?

Hace unos años, cuando ya se rompió definitivamente la relación con Alfonso y me convirtieron en una divorciada bastante apestosa a ojos de nuestras amistades, que yo creía comunes, me di cuenta de lo que ya sabía desde hace unos años y no quería entender: no estaba en mi lugar.

Siento decirte que tuve que abortar por el riesgo que significaba para mí. Fue algo así, algo que todavía quiero no olvidar. Siguiendo tu consejo, lo escribo:

Ya no estaba, ya no lo sentía. Solo quedaban el dolor, la angustia. El médico hablaba, y yo había fijado la vista en una lámina colgada en la pared; como buena cineasta, siempre había sabido desenfocar lo demás, lo que me sobra. Alfonso insistió en preguntar por alternativas; yo no preguntaba nada. Intentó convencerme de buscar otras opiniones. Me negué: las segundas partes de las películas nunca fueron buenas.

Firmé todo lo que me habían dado antes del procedimiento; esa letra no era la mía, la mía no tiembla así. Solo conté hasta cuatro cuando me pusieron la anestesia. Al despertar, sentí mucha sed y un leve dolor de cabeza.

Lloré, sola, la primera vez que volví a ducharme. A los pocos días, Alfonso empezó a preguntarme si íbamos a volver a intentarlo. Yo le respondí preguntando cuándo íbamos a ir al cine, aunque ya sabía que no había podido —ni po-dría— hacerlo feliz.

Me encerré durante días en el baño, frente al espejo, su-jetándome la barriga que ya había empezado a notarse, y que ahora no sujetaba nada. No quise escucharme, ni escuchar a Alfonso. Me metía en la bañera sin tapón y dejaba correr el agua durante horas. Llamé a mi madre, que solo me escuchó. Llamé a mi padre, que se presentó a los pocos días.

¿Te acuerdas de lo que hablábamos de las miguitas de pan que nos íbamos dejando. Siempre marcan el camino a nuestro hogar, y eso hice, recogerlas para comprobar que lle-gaban hasta mi París. He pasado unos años por aquí, una vuelta a esas calles que no me cansaba de recorrer sin prisas, donde me emborrachaba y amaba, no siempre en ese orden. A veces, es mejor estar muy borracha para dejarse amar y, otras, amar hasta emborracharse sin remedio.

Me encontré con una frase de Proust que sabía que ha-bías nombrado cuando te morías, casi literalmente, por cono-cer París. No tengo tu memoria, no te la puedo recitar; sin embargo, sí soy capaz de explicarte que solo nos pedía saber mirar con nuevos ojos lo que ya conocemos.

Eso he hecho, no solo con lo que podía ver, no solo con lo que se puede tocar, no solo con lo que se puede recordar, también con lo pasado. Rediseñar los recuerdos y transfor-marlos en nuevos. La calma se revela en cuanto me acomo-do; me pica todo, me rasco y no consigo aliviarme el picor.

Durante este par de años, he visto mucho teatro, todo lo que he podido, sin querer acercarme, solo aprendiendo a mirarlo de nuevo. Deja de ver algo durante más de veinte años y, cuando vuelvas a ello, no tardarás en descubrir que nada de lo que creías saber te servirá. Solo tres líneas, antes de que me atosigues con las obras clásicas que conoces: me quedo con las iniciativas de Minyana, con su rol de autores-creadores, capaces de otorgar tanta importancia a la interpretación de los actores, trasponiendo el escenario y apropiándose de los textos; me quedo con el teatro en la calle y ese deseo de acercarlo al espectador, con escenografías modernas que transforman la experiencia y hacen que cada uno tenga su propia vivencia escénica; y, por último —prometido—, esa vuelta a los clásicos, una y otra vez: las obras de autores como Molière, Marivaux, Feydeau, Labiche y Guitry, que siguen siendo premiadas en los Molière, mientras que no dejan de representarse las piezas de autores contemporáneos ya ampliamente reconocidos, como Koltès, Lagarce, Pommerat, Reza o Schmitt. Muchos de estos han pasado por festivales como el de Avignon o por el Théâtre de la Colline.

La palabra «éxito», unida a «teatro», siempre es difícil de conseguir.

No soy yo la elegida por el teatro, yo soy quien lo elige y, en parte, tienes tú la culpa. No te ha elegido la ficción, tú has decidido vivir así porque ahí, rodeado de lo que vas leyendo, eres capaz de entenderte. ¿No me decías que elegir la literatura es como una religión, una vocación o un acto de fe? Lo he entendido, me cambio de religión.

Al dejar Sevilla por París buscaba encontrarme, no conmigo misma, sino con ese momento, con el teatro, los estrenos, y todo lo que rodea a este mundo y volver a estar cerca de mi madre.

No ha ocurrido así. No lo veo como un fracaso, no es este lugar, ni en este momento. No puedo estar al cuidado de una madre que necesita una atención profesional. No puedo seguir viendo teatro sin tocarlo. Ese paso me lleva al siguiente. Eso es andar, dar pasos, uno detrás del otro. Andar es no mirar hacia atrás, solo si te llaman; miras, saludas a quien te llame y sigues andando, un paso detrás de otro.

¿Te acuerdas de que te hablé de Salvador? Me habló de su proyecto y me ha propuesto participar en una pequeña compañía teatral en Madrid. No quieren llamarla «alternativa»; prefieren decir que está adaptada a las circunstancias. Quieren ponerle de nombre «La Grada», y darle un espacio propio cada año a un autor o una época. Van a abrir a finales del año que viene, y yo quiero estar allí, volver a ese teatro del absurdo, con un Beckett o un Pinter. Madrid me va a llenar de vida, y estoy segura de que tendré mucho trabajo por delante. Tengo muchas ganas de volver a dirigir un grupo de teatro, de preparar nuevas obras.

No, no voy a pedirte que nos volvamos a ver. No te lo pido; si eres capaz de graduar lo que sientes, eso no es querer.

Será cariño, si eres capaz de hacer listados con amores: un primero, un segundo…

¿Qué tipo de amor es ese? Si necesitas cuantificar, querido, es que no has estado enamorado.

¿Qué tipo de amante obsesivo eres, que te preocupas más por el ayer que por nuestro mañana?

¿Sabes por qué te arrepientes? Has amado como si fueras una agencia de viajes: comprando billetes con antelación, reservando habitaciones, mirando y planificando qué vas a ver cuando llegues al sitio de destino. ¿Cómo iba a funcionar eso conmigo?

Ay, librero, ¡pero cómo eres capaz de amar a plazos! Como si yo fuera el crédito que debes de tu librería. Seguramente hasta habrás hecho una lista con pros y contras, en lugar de contarme por carta qué me habrías hecho si me tuvieras delante. Aun así, estoy encantada de estar en tercera posición. Sabré escalar posiciones.

Una vez me escribiste que no saltarías conmigo hasta que Helena dejara de necesitarte. ¿Te sigue necesitando?

Me vale por saber que estarás a una hora y cuarto en ese AVE que nos podría acercar si fuera inevitable. Ni se te vaya a ocurrir presentarse sin avisar, que ya sabemos lo que puede pasar, Lagartijo.

Te mando un abrazo lleno de cariño.

ALINE, otra vez, PÉREZ

Querida Aline:

No veo con las lágrimas. La semana pasada quemaron mi librería. Te lo escribo así porque estoy seguro de que fue el sobrino de Carlos, Juan Martínez. Aún no es mayo, ese odiado mes en que la alergia me destroza y anhelo la lluvia, aún no lo es y ya quiero que acabe la primavera, seca y turbia como pocas. Aún no es mayo y ni quiero que llegue, ni con sus regalos, ni con las ganas de la gente por la feria, porque ayer ya llovió, y seguro que no va a llover cuando llegue.

Debería haber cedido a sus pretensiones. Al menos, seguro que tendría algo ahora. ¿Qué me queda? Solo tenía una librería que vendía poco, rodeada de grandes cadenas. ¿Será que tengo que volver a recoger aceitunas pero ahora con cincuenta y cinco años?

Me llamaron de madrugada, siempre es mala señal. Me llamaron y me dijeron: «Alberto, Alberto, que está ardiendo». «¿Que está ardiendo qué?». «Pues tu librería».

Salté de la cama, en pijama, y subí la cuesta. Yo ya pensaba en la abadía de Melk, en aquellos monjes sacando libros. La escena era impactante. Entré, claro que lo hice, y empecé a toser al instante. Solo pude salvar dos o tres libros, los que estaban mas cerca de la entrada. Me sacó mi hija que, sin yo darme cuenta, me había seguido calle arriba.

Lo he contado ya varias veces, bajito, para que no suene a chulería. Mi hija dice que hubiera muerto antes por el humo.

Mi salvadora tendrá razón, seguro, aunque esa muerte me suena menos heroica. Menos mal que empezó a diluviar, con una fuerza inusitada, tanto que al cabo de unas horas, y gracias a los bomberos, el fuego se sofocó cuando ya daba igual. Está claro que alguien ha decidido que la única librería que quedaba en el barrio no nos sobreviviera. Laura no se enteró de nada, hace tiempo que no lo hace.

Siento haber ocupado la carta con penurias; me alegro de que vuelvas al teatro y que estés a un tren de distancia.

Pasan los años y ya no sabes a quién miras. Recuerdas fines de semana encerrados en casa, solo con nuestro cuerpo, sin preocuparnos por comer, sin exigirnos levantarnos. Cuerpos que se tenían que conocer, quejidos, voces, susurros que había que escuchar. Gemidos que había que memorizar. Una vez aprendidos, con los años desaparecieron, se diluyeron entre hacer el desayuno, la compra, llevar a Helena al instituto, recoger las cenas; y todo parece importar más que nuestras pieles. Hasta que se olvidan y olvidas esos días y sabes, de sobra, que no vuelven, y si lo hacen, son otros, con otra piel y otros gemidos.

Lo tengo olvidado, ni lo echo de menos porque no se añora lo que ya se da por perdido. Sin embargo, de tu cuerpo soy capaz de recordar cada pliegue, será que sigo buscándolo.

ALBERTO O

Querido Alberto:

Lo siento, sé lo que significa para ti. No te he podido llamar, no tengo adónde. Me cuesta imaginar cómo gestionas ahora todo tu tiempo libre. Espero que esa manía tuya de no tener prácticamente libros en casa, primero porque no podías tenerlos y, los últimos años, porque te obligan a tenerlos en cajas, haya desaparecido. ¡Qué crueldad! ¡Conmigo no te habría pasado! Espero que tengas algún ejemplar para entretenerte esta temporada. ¿Sigues vetado en la biblioteca municipal?

Me he dado cuenta de que ambos tenemos que adaptarnos. Mudarse a una nueva ciudad o comenzar de cero. Dejar atrás todo lo conocido y seguro, no es una tarea fácil. Suena un poco ambiguo explicado así. ¿Es mejor que haya habido un incendio para no preocuparse de lo que nos queda por empaquetar? Seleccionar lo que nos acompañará en nuestra nueva vida, lo que consideramos importante, lo que nos define como persona. Dejar atrás cosas que antes considerábamos necesarias, pero que, ahora, ya no lo son. Puedo quemarlas si así quieres que estemos en las mismas circunstancias. Preguntarme qué dejo en mi casa de París y qué vuelvo a arrastrar hasta una nueva.

¿Dejo parte de mis pertenencias aquí por si acaso me canso de Madrid?

¿Qué llevamos y qué nos dejamos?

¿Qué decidimos que nos volverá a acompañar a un nuevo destino?

¿Sabes lo que me cuesta volver a empezar con casi sesenta? Lo mismo que te va a costar a ti. No dejo de darle vueltas, es la primera vez que estamos en el mismo momento de la vida.

Me preocupa dejar a mi madre. Sé que la necesito cerca, especialmente después de lo que hemos vivido juntas. Solo nos llevamos veinte años, nos acercamos al mismo momento vital; qué sensación más extraña llegar las dos a mayores. La dejo a buen recaudo, cómoda y atendida. Su generosidad ha sido la que me ha hecho decidirme. Quiero volver a la impaciente libertad de sentirme otra persona, otra vida. Estoy tan a gusto con la decisión tomada que podría cantar por la ventana, espera, que voy a hacerlo.

Una vecina ha salido y se ha arrancado a aplaudir. Ya sabes lo impulsiva que soy cuando tengo una certeza. Te oigo reír, siento un cosquilleo en la raíz del cabello y sé que no me fallará la intuición; no te rías, mi intuición solo me ha fallado a la hora de elegir marido.

No puedo decir que no, más bien no debo negarme. Tengo muchas ganas de volver a dirigir un grupo de teatro y preparar nuevas obras. Tengo ganas de ver cómo ha quedado la sala de teatro, qué otras compañías van a apoyar el proyecto, poner cara a los dueños y, sobre todo, espero ser capaz de asentarme y encontrar un lugar al que pueda llamar hogar.

Alberto, me alegra que vuelvas a estar tan cerca de mí, como los años por Sevilla, aunque nunca te dignaras a visitarme. Te llamo en cuanto esté instalada, nos contamos, reímos. Se nos quedarán, por un rato, las ganas de vernos.

Te mando un abrazo lleno de cariño.

Ahora madrileña,
ALINE PÉREZ

Querida Aline:

Vuelvo cada día desde hace dos semanas a observar el desolado paisaje que una vez fue mi hogar. Así relleno el tiempo, escribiendo un cuento sobre las bibliotecas y librerías que arden. Deben ser esos miedos que siempre ocurren al cambiar de milenios, esos mismos que nos acechan cuando avanzamos de década y nos entra la imperiosa necesidad de ir quemando cosas que suponemos que ya deberíamos haber hecho. ¿Me dará por correr cuando cumpla los sesenta?

Paro aquí; ahora escribo las cartas sentado en una terraza donde bebo el café lo más lento que puedo para no tener que pedir otro. El problema es que como yo, el café se va enfriando cada vez más, y no sabemos ninguno de los dos qué hacer, si beberlo, si dejarlo pasar o si, como ayer, aducir que está muy cargado y que necesito un poco de leche caliente. No sé si hoy también me colará, no sé cuántos remiendos me quedan por validar.

Echo de menos esas cartas que llegan sin avisar, ahora que tú vuelas y no paro de verte, sin querer, en cualquier sitio; yo me hundo, me asomo y me vuelvo a hundir. Aquí estoy asomándome desde una valla con los brazos en tensión, pidiéndoles que no se enfríen, que llegará el otoño y será lluvioso.

Cada sobre que llega es una señal de arrepentimiento, una señal de haber claudicado. Iba a escribirte sobre cómo me dejaste aquí y hubiera resultado en lo mismo de siempre, en lo que llevo años haciendo: echar balones fuera. Es más fácil culpar a los demás de lo que no somos capaces de hacer.

No me voy a París porque mi madre me necesita, porque Carlos quiere que lleve la librería, porque no sé si podré entender una vida sin hijos, como si alguien te pudiera asegurar que serás feliz.

No voy y aquí sigo, deseando haber ido cada día. Flotan, a cada sobre que veo, esas palabras de las primeras cartas, ese «eres un ridículo». Tendría que haberlo vivido, entender que nadie me estaba asegurando nada aquí. Elegí la opción más fácil, la cómoda. Me quedé con mis cuatro calles, con la dependienta de la librería, con la casa de mi madre. Y se me olvidó vivir, se me olvidó que vivir es saber navegar con las desdichas y no buscar siempre el puerto.

¿Será que nunca tuve a ese marinero a mi lado para decirme que me tire por la borda? ¿Ves? Aunque no quiera vuelvo a hacerlo. Nunca seré capaz de admitir que no hacía falta saltar, solo dejarme caer al mar.

ALBERTO O

Gracias por tus llamadas, siento que las necesitaba. Entiendo que ahora con tantas nos escribamos menos. Ahora, que me leo corrigiendo erratas, me doy cuenta de que quizá las desgracias quieran hacernos espabilar y decirnos, a voces casi siempre: sigue adelante. No sé cuándo podré decir que la librería estará lista para volver a ser inaugurada, aunque ya voy abriendo algunas tardes. Llegará, como todo lo que esperamos. ¿Qué quedaría de la palabra «esperar» si no terminase de ocurrir lo esperado?

No tengo quejas, muchos clientes me han ayudado. Incluso algunos han recaudado dinero para la causa. Reafirmo lo que pensaba la noche en la que me di cuenta de lo que había ocurrido; voy a volver a abrir la librería, aunque me vaya la vida en eso. Reformar, pedir ayuda, pedir dinero. Todo va a ser una prótesis, algo ya ajeno a mí, que sí, que es necesaria, que por ratos volveré a sentirla mía, sabiendo que será algo tan artificial como ajeno.

Me cuesta creer que hayas pasado así, de tan refilón, por la escena teatral de Madrid. Cuesta creer que alguien confiara así en ti. Claro que lo vales, no lo pongo en duda. ¿Imaginabas, hace apenas unos años, cuando decidiste que querías volver a interpretar otras vidas, así lo llamaste «vivir vidas que no te corresponden», que te iban a seleccionar para un papel así, ni más ni menos que el de Isabel la Católica, y que la película iba a ser todo un éxito internacional, uno de esos que no podemos entender?

He ido a verla, te he visto, no eras tú, y sin embargo, eran tu cara, tus formas, tu voz y por primera vez, no me hablabas a mí. Ni siquiera me miraste en toda la película.

¿Vendrás a la inauguración?

Agradecido,
ALBERTO O

Hola, exlibrero de libros de segunda mano:

¡Ay, amigo! No dejes que los focos te deslumbren. Ahora que las llamadas son tan comunes, estás cartas van perdiendo sentido. Cuéntame, ¿ya has empezado a fardar con tus amigos del barrio de que estuvistes con una actriz famosa?

He incluido unas entradas para el estreno de «Ausencias». Estoy tan ilusionada con que esta obra se estrene justo para conmemorar el Día Internacional de la Lucha contra el Sida. Estos Pau Cólera, Kepa Malo… Dan vida a personajes que son capaces de explorar las complejidades del amor, el egoísmo y la solidaridad. Estrenamos este uno de diciembre, en la sala Ensayo 100, aquí en Madrid, y si todo sale como esperamos estaremos en junio en Barcelona, en el Convent de San Agustí.

Te anuncio que he decidido ir dejando el vino, llevo años, iba a poner «abusando», pero no es así; llevo años disfrutándolo, pero en ocasiones, también durmiéndome con la televisión encendida y la botella vacía.

Por cierto, ¿ya tienes móvil? ¿O voy a tener que seguir llamándote a deshoras a tu librería? ¿Te regalo uno o prefieres otro libro? Ya sé la respuesta, no te preocupes, eso es lo que me engancha de ti, tan previsible como fiel. Te mando el tríptico de la obra, además de las entradas. Ya me dirás lo guapa que me sigues viendo.

ALINE PÉREZ

Córdoba, 30 de enero de 2004

Aunque ya te lo he dicho, deja que lo haga como yo sé. Gracias por haber venido a Córdoba a inaugurar la librería. Verte, aquí en mi nueva casa, queda para siempre. Verte hablando con los míos, como hace tantos años, me dieron ganas de que se repitiera más a menudo. Gracias por llevarme esos libros de poesía, dice Pablo que te va a hacer llegar una edición de *Rumor Oculto* a la que le tiene especial cariño.

Sin embargo, debo admitir que después de ese día todo ha ido cuesta abajo. Ahora solo es una librería más, una tan anodina como sin personalidad. A lo mejor soy yo, quien no se encuentra tan a gusto en una librería tan pulcra y limpia. La renovación de la librería, como ya te adelanté en las últimas llamadas, resultó ser un completo fracaso. A pesar de haber invertido una cantidad enorme de dinero en ella, no noto que esté atrayendo a nuevos clientes y la mayoría de ellos preferían seguir visitando las librerías de siempre, no por antiguas, sino porque la mía ahora les es desconocida.

Además, me he dado cuenta, demasiado tarde, de que he sido estafado por el encargado de hacer la reforma del local, quien me inunda con facturas de terceros que no estaban contempladas en el presupuesto inicial. No me importa el dinero en sí, solo son números en una cartilla que nunca veo; me duele que he tenido que pedir dinero a mis suegros y a los tres o cuatro amigos que la vida me sigue regalando y para los que a partir de ahora seré un deudor, uno a largo plazo porque visto cómo va la librería he calculado que justo un día antes de jubilarme, quizás solo con unos minutos de antelación, seré capaz de saldarlas.

Es curioso: ahora que está todo ordenado, que me empeño en no tener mis libros de literatura sudamericana, mis autores de culto y el escaparate lleno de las últimas publicaciones, han dejado de venir los clientes habituales, aquellos que llevaban años conmigo. Ahora no tengo a quien ponerle motes y los echo de menos.

Lo peor de cuando salgo de mi cueva literaria, es ir por la calle. Siento miradas burlonas, murmuros y alguna risa floja. Ya no solo es mi atuendo lo que les provoca ganas de ofender, ahora quieren convencerme de que soy un pedante, solo por querer volver a empezar. Como si no hubiera tenido bastante.

Cuando quería ser pequeño no había problema; cuando quieres crecer tanto para salir del tiesto, todo son burlas re gadas con vino en mañanas estrelladas.

Ahora parece que esta librería tan reluciente y yo desentonamos. Mi abrigo roído queda anticuado, y eso, unido a que me despisto cada vez más —confundo los días y las estaciones, soy capaz de aparecer con un calor agotador con mi abrigo de invierno—, hace que me esté convirtiendo es un arlequín por el barrio. Y yo me pregunto, cada vez más, por qué me ha tocado a mí ser el inadaptado, tener un grave problema de comprensión, el que no sabe si llega tarde o temprano, el incómodo que no entiende nada y se esfuerza por encajar, el que siempre llega tarde porque no se ha enterado y no deja de preguntarse a dónde van los que subieron ya la cuesta, de dónde vienen quienes bajan por la calle de la Feria, sin querer nunca admitir, y llevar años pensado, que lo mejor es vivir sin que pase nada.

Todo esto me hace sentir aún más solo, más desanimado. ¿Sirve para algo querer seguir siendo librero? Ya no es solo que me haya quedado sin ahorros, es saber en qué momento hay que decir adiós a nuestros sueños y conformarnos con lo conseguido. ¿Cuándo debemos empezar a admitir que ya nos queda más por recordar que por vivir? Una de estas soledades irreales que se riega con la idea de que Helena me dijo que este verano se irá a Londres, que no ha comprado billete de regreso; temiendo que sea el momento de que haya aprendido que algunos viajes solo son de ida. Yo le meteré jamón serrano envasado al vacío entre la ropa, cuando se despiste haciendo la maleta. A escondidas. También una bufanda, ibuprofeno y *Moby Dick*. Así resolveré todo lo que pueda necesitar.

Le he pedido a Helena, ahora que está de prácticas en un colegio del centro y no tiene exámenes, que me eche una mano por las tardes. Buscar su compañía y buscar savia nueva, entender estos nuevos gustos lectores que me son tan ajenos. Buscar cómo pagar la reforma, eso es la vida, buscar razones para justificar lo que hacemos antes de admitir las derrotas. Buscar, sin saber dónde encontrar.

Entiendo que no era el momento de intentar besarte, sabrás entender mi insistencia. Entiendo que no son formas, pero ¿quién hubiera sido capaz de resistirse?

Por cierto, gracias por regalarme mi primer móvil. Helena me ha mirado extrañada mientras me preguntaba si sabía usarlo. Cómo cambia la vida, ya no son libros lo que nos intercambiamos.

Alberto O

Querido Alberto:

Me emociona celebrar que ya llevo dos años viviendo en Madrid. Aunque no he recibido ninguna carta tuya últimamente, nuestras llamadas siguen siendo las habituales y no se nos escapa una Navidad, un cumpleaños o un momento en los que oírnos y eso me llena de alegría. Y me basta. Ahora, al menos, puedo llamarte en cualquier momento aunque me atosigues con mensajes con citas de libros que estás leyendo.

Es broma, gruñón. Escribe con lo que te plazca.

Te cuento que por fin he firmado la compra del piso en el ensanche de Carabanchel, que me lo darán dentro de unos años. Ahora tengo unos planos monísimos. La obra de teatro que dirijo está funcionando muy bien y pronto haremos una gira que pasará por Córdoba. Aprovecharé la ocasión para visitar a mi anciano padre, que ha dado un gran bajón esta temporada. ¿Sabes que he visto mi cara en las paradas de autobús? No insistas, también te cuento sobre cine.

Estoy en mitad de un rodaje sobre el que te encantaría escribir, seguro. Te cuento de qué va: Julián, divorciado y con un hijo residente en Ámsterdam al que hace años que no ve, está preocupado por su perro, ya que su enfermedad es terminal y no sabe con quién dejarlo. Sigue subiendo cada día a los escenarios, pero le obsesiona poder encontrar un nuevo hogar para su perro. Su monótona vida se altera con la visita de Tomás, un amigo de la infancia que llega desde Toronto, donde ejerce de profesor universitario. No te cuento más, para que vayas al cine a verla. Prometo mirarte esta vez.

Me entristece lo de Carlos, la edad no perdona. ¿Cómo está su hijo? ¿Sigue atosigando como siempre? No sabía que la zona se había revalorizado tanto, me alegra saber que ha mejorado tanto como para que interesen los pisos del edificio. Total, si no sabes si has terminado de pagar el crédito…

Te llamaré en Navidad para felicitarte y confirmar las fechas de la gira. Cuídate mucho y sigue disfrutando de la vida. ¿Por cierto, cómo es que te quedan pocos años para jubilarte y ya estás preocupado por lo que le pasará a la librería? Eso sí que es anticipación.

Con cariño,
ALINE PÉREZ

Córdoba, *4 de septiembre de 2006*

Estimada Aline:

¿Acaso lo dudas? ¿Existe alguien que no se imagine otras vidas? Tomar decisiones, asumir responsabilidades y pagar facturas el resto de la vida.

No es mi culpa que haya perdido la poca alegría que me quedaba, no hace falta que me lo recalques en cada SMS. Me encuentro en una situación en la que las facturas me atosigan y siento que no estoy vendiendo lo suficiente para justificar el esfuerzo que estoy haciendo. Solo logro vender las novedades en dos momentos del año, lo que me hace cuestionar si esta fue la decisión correcta. Miro a mis amigos, mis fieles amigos, arrinconados ahora en un apartado mientras en el resto todos los libros brillan, tan limpios e impolutos. Siguen las burlas, a escondidas, que miran por encima del hombro.

Hace poco recibí una oferta para vender el local a un grupo inmobiliario que quiere hacer apartamentos turísticos en todo el edificio. No estoy seguro de qué pensar al respecto. Ni qué decir que detrás de todo está el hijo de Carlos, quien sigue en su quimera de conseguir el local que ya siempre creyó suyo. Al menos ya entiende que debe pagar.

No sé si estaré dispuesto a vender y ver todo esto desaparecer. La eterna duda, hacer dinero o hacer lo que nos gusta, ha quedado resuelta en que tengo que pagar deudas. ¡Vivan las novedades que pasan por la librería como una cadena de producción en una fábrica de conservas!

Oyes una historia, entre risas, las suyas porque tú no te ríes, entre copas en un bar. No sabes si hablan de ti, porque es tu barrio, pero ya casi que no lo es; es tu bar, pero casi más de los otros, y te conocen, pero tú a ellos menos porque son más y tú eres el de fuera…

Y oyes la historia de una librería que quemaron.

Y no lo quieres creer pero hay pocas librerías y menos que hayan ardido.

Y quieres prestar atención.

Y vuelven a reírse porque conocen a quien lo hizo.

Y les preguntas, pero de repente han olvidado todo.

Y te quieren invitar a un trago, qué más da una vieja librería, con viejos libros y con su viejo librero.

Vuelves a casa, lo intentas hablar, pero Laura está ya dormida con la tele encendida y te dice que mañana será otro día, que la lleves a la cama. Y te das cuenta, que llevas años sin contarle nada.

He estado, ahora que Helena anda por Londres y la casa se encuentra vacía, dándole vueltas a qué ciudad le puede hacer competencia a nuestros encuentros en Córdoba, Lisboa y Barcelona. Me he decantado por proponerte vernos en Alejandría. Te lo explico en la siguiente carta, así ya sabré por dónde empezarla.

Espero tu respuesta con ansias, siempre consigues calmarme y no dejo de pensar que escribirte, sin tocarte ni verte, hace que nunca se pierda el vínculo.

Abrazos,
Alberto O

Aline, querida amiga:

Solo unas líneas. Solo unas de las de antaño. Solo unas para contarte que he decidido que yo soy de Alejandría: esa de la Primera Guerra Mundial de Foster, la de Kavafis que ya ni siquiera existía cuando él creía vivirla en su viejo cuartucho. La mía tampoco debe existir porque me ha hecho de guía de Durrell y su «cinco razas, cinco flotas y cinco sexos». Como hay que volver a inventarla una y otra vez, necesito crear la mía propia. Eso hacemos, escribir capas de las ciudades una encima de la otra, capas superpuestas que se ayudan unas de las otras, capas que difieren y se amoldan creando otra ciudad; mismo nombre, mismas calles, misma gente.

Inventar ciudades: cada una es un palimpsesto, una suma de historias, de ganancias y pérdidas. Ciudades que no existen y que, sin embargo, nos pertenecen. Como estas cartas, todas nuestras.

Confieso que quiero construir contigo una Alejandría.

Te mando un SMS esta noche, da igual cuándo lo leas.

ALBERTO O

Aline:

Solo unas breves líneas para decirte que entiendo tu negativa a vernos en Alejandría, valoraré lo de visitarte en Madrid, como tú dices, acompañado.

Helena ya ha vuelto de Londres, con costumbres raras, pelo raro, andares raros, peinado raro y mil cosas raras que agradezco porque doy por concluido su paso a la madurez; ese paso que debemos dar todos rompiendo el mundo de nuestros padres para construir otro donde tenemos menos cabida y al cual no pertenecemos. Laura lo lleva algo peor, pero se acostumbrará, no queda otro remedio. Al menos me ayudará con ella, ahora que me cuesta tanto cuidarla.

Ni recuerdo la última vez que compartimos tiempo así, sin pedirnos nada. Desde que llegó de Londres se ha aficionado a ver series en versión original. Tiene la impresión, le habré contado varias veces que hubo un tiempo que me apunté a una academia, de que yo sé hablar inglés. Algo dentro de su imaginario en el que por mucho que le intento explicar que fueron pocos meses, para ella sigue siendo que su padre habla inglés y francés. Sabe que fui a París, le hablo del viaje desde pequeña, aunque te omito. Preguntaba para qué iba, y yo solo respondía que para aprender francés. Imagino que ella hizo lo mismo en Londres. Se descarga, así lo llama, un episodio cada semana y lo vemos juntos. Hay una parte que me dice que eso es ser un padre exitoso, que sus hijos quieran compartir tiempo con ellos ya de adultos, cuando no te necesitan, al menos de la misma manera. Yo no entiendo nada de la serie, no hay subtítulos siquiera, solo veo las imágenes: un avión que se estrella en una isla, un humo negro, osos polares… Y voy mirando, de reojo, sus reacciones para ir amoldándome a lo que va pasando. Así, cuarenta minutos cada semana, disimulando mi inglés, mientras disfruto de sentirla a mi lado, como cuando niña.

Mi regalo de cumpleaños ha sido escribirte.

Un abrazo.

Querido librero:

Me está pillando un poco mayor, parece un torbellino, un terremoto. Mírame: ahora que no bebo, tanto, miro mis arrugas. ¿Cómo he conseguido llegar así? Qué extraña es la vida: te la pasas queriendo ser alguien y, cuando notas que se acerca el final, lo hueles y lo intuyes, empiezan a valorarte. Lo único que me gusta de esta edad es que hay pocas cosas que me dan miedo. Ahora soy una osada que no teme nada. Y todo esto, tan difícil de explicar y qué con tantas ganas no me canso de repetir, me lo llevo para siempre.

No querido, no iremos a Alejandría. No lo necesitamos y, en este caso, sí debemos admitir que hemos vivido más juntos que lo que viviremos.

Siento que Helena no te quiera ayudar con la librería.

Un abrazo,
ALINE, Triunfadora PÉREZ

Aline,

Laura murió hace unos meses del cáncer con el que llevábamos años lidiando, sin llamar, sin preguntarnos si nos venía bien. Ha sido un golpe muy duro, pero uno que se ha ido cociendo a lo largo de estos interminables años donde nos hemos vuelto a encontrar, quizá por primera vez, y entender que una parte de amar es estar al lado de quien nos necesita.

He estado al lado de ella todo el tiempo, cuidándola y haciéndole compañía hasta el final. Lo que peor llevaba era no saber cuándo sería el último día, y que este último, que ahora sí que tiene nombre, fuera uno en los que más recuerdo habernos reído juntos. Hice unas lentejas, que se me quemaron. Como no sabía qué hacer con ellas se las di al perro del vecino que suele colarse por el patio interior. Con solo probarlas, supo que eso no había quien se lo comiera y nos ladró a modo de enérgica protesta, quizás porque sentía que lo queríamos envenenar. Tuve que improvisar unos huevos fritos, con chorizo y patatas fritas, que nos comimos como dos niños. Enseguida, nos fuimos a echar una siesta. Lo último que oí fue una risa, serena y apacible, seguro que recordando el incidente, medio dormida. Y ya no despertó, por decisión suya, sabiendo que las dos o tres últimas horas se había estado riendo.

Creo que supo que era mejor que un día así fuera el que tuviera ese adjetivo tan nefasto como ineludible: el de ser el último.

Todo sigue. Esa mueca que pensaba que tenía olvidada desde la muerte de mi madre, esa que ya creía obsoleta y hacia tanto que no la reconocía ante el espejo, esa que solo es capaz de verse por la noche cuando lloramos, ha vuelto tan reconocible como lo fue hace años y, por supuesto, vuelvo a ser capaz de reconocer por la calle quién la lleva.

Querida Aline:

Gracias por leer esta carta. Me sale así, porque agradezco tenerte cuando quiera para poder soltarte lo que llevo dentro. Te veo como una especie de confidente, alguien a quien le prestaría mi diario personal. Solo quiero decirte que me he jubilado. Me jubilo porque ya no leo libros nuevos, señal inequívoca de que estoy envejeciendo.

Hablando de releer: es la tercera vez que leo *La tregua*, de Benedetti. Lo sé porque lo apunto en las solapas finales. No pongo mes ni día, pero sí el año. No le tengas en cuenta los comentarios sobre la homosexualidad de su hijo; no creo que el Uruguay de los años 40 y nuestra España fueran muy diferentes. Recuerda que hace años se burlaban de mi condición sexual por mi gusto lector, como si fuera un insulto.

La primera vez que lo leí andaba yo por los treinta; Laura vivía y Helena acababa de nacer. El protagonista casi roza los cincuenta; sus hijos son mayores y tiene una relación peculiar con ellos. En esa época me fijé más en la diferencia de edad con su nuevo amor: veintinueve ella, Avellaneda.

La segunda vez, Laura ya estaba enferma, Helena se había mudado a Londres, y yo empezaba a sentir esa distancia con el mundo de la que el protagonista me iba avisando.

Ahora, lo leo y ya no está Laura. Yo soy viudo, como él. Por primera vez, pienso lo mismo que el protagonista. Sin desearte —aunque sea tarde y mal— solo queda un resquicio de felicidad, uno muy gris y monótono. Quizá estos años sin vernos solo han sido una breve pausa para volver a tomar fuerza, la que se necesita para no perdernos en la comodidad de un jubilado. Ahora, lo leo y mi hija tiene la edad de sus hijos, y yo soy bastante mayor que el protagonista, pero estoy en un momento vital parecido. ¿Aparecerá una Avellaneda que me devuelva la chispa de la vida? ¿Eres tú y sigue habiendo un ahora?

A lo que iba: los personajes no han envejecido, siguen teniendo la misma edad, y con los años yo he conseguido vivir lo mismo que él, irme acercando a su edad, incluso superarla. Al él lo revivió sexualmente Avellanada, para mí, sin embargo, el sexo es nostalgia. Yo me iré y él seguirá. Al contrario que yo, él no envejece. Y no sé si eso es una ventaja —quedarse para vivir lo que viene— o una suerte: la de poder elegir en qué momento quedarse. No sé si volveré a leerlo, pero esta es la primera vez que entendí que los años junto a Laura también fueron una tregua para mí. Y quizá, nuestra.

Mi niña sigue desolada, desubicada y ha dejado su plaza de profesora. La entiendo, quiero entender que no encuentre motivos para ir cada día al colegio que la vio como alumna y donde ahora daba clases. ¿Si no encuentro los motivos para rellenar las horas que ahora sin la librería me sobran, cómo no voy a entender que le ocurra lo mismo a ella?

He tratado de convencerla para que tome las riendas de la librería, pero ella tiene otras ideas, otros planes. Dice que quiere ser traductora. Yo solo quise de ella que fuera buena persona y que tuviera la oportunidad de ser feliz, de cumplir lo que sueña. De ambas cosas estoy seguro: lo hemos conseguido.

Me quedan pocas hojas que leer aquí, recuerdo esa vez que te propuse llevar la librería contigo y me da nostalgia siempre de lo que pudo haber sido y no fue. Atrás queda lo que no se vive, la mentira de lo que siempre pudo haber pasado; delante lo que me queda. Me veo enérgico, con ganas de saber qué es lo que viene ahora. ¿No es eso cada ficción que leemos, decidir qué queremos que se convierta en verdad?

Con ganas de más.

ALBERTO O

El bebé lloraba otra vez. Lo sostuvo contra su pecho, caminando en círculos por el salón, como si eso pudiera calmar el torbellino que se formaba dentro de ella. Los pasos marcaban un ritmo involuntario, casi mecánico, mientras repetía, una y otra vez, un «ea, ea, ea». Una coreografía que conocía bien desde hacía meses.

La idea se instaló como una punzada persistente. Pensaba en la carpeta, en las cartas, en la letra nerviosa y en las palabras sin fecha. En el vacío de su cuarto, en los libros que solía dejar por el piso. Obvio: su padre estaría en su librería.

Marcó el número de su marido. Una vez. Dos. Tres. Nada. Tendría que volver a casa, así ella podría echar un vistazo en la librería. El tono de llamada se repitió hasta extinguirse. Volvió a intentarlo. Lo hizo por costumbre, por desesperación, por no saber qué más hacer. Le envió un WhatsApp: «Llámame, es urgente».

El bebé se removió inquieto. Helena lo miró. Sintió el sudor formar una línea fría en la espalda. Respiró hondo. Era una urgencia a la que no podían negarse. «También son sus abuelos», se iba diciendo. Llamó a los padres de Saúl. Primero a su suegra: no le respondió. Luego a su suegro. Ambos respondieron en una videollamada, como hacían cuando querían ver a la nieta.

—Deberías habernos avisado antes. Al mediodía nos fuimos a Trassierra, a disfrutar del día.

Seguía nublado, a punto de llover. Dudó a quién pedirle el favor. Se acordó de la vecina de abajo que había insistido en todo momento en cuidar a la niña. La llamó.

—Necesito un favor enorme.

Su amiga no preguntó demasiado. Solo dijo «Tráelo», con ese tono cálido que siempre había tenido, una forma de hablar que deshacía nudos. Vistió al bebé, lo abrigó bien —no se fiaba del día—, salió a la calle y, bebé en brazos, lo llevó algunos adosados más abajo. El aire era húmedo, casi pegajoso. No habló mucho. Solo lo necesario. Le dejó al bebé con un beso en la frente y una promesa:

—No tardaré mucho.

El camino en bus se le hizo muy largo, no dejaba de mirar el reloj. Debía haber tomado un taxi, se fue diciendo hasta el centro. Una vez que realizó allí el transbordo se le hizo más liviano. Tenía, en todo momento, las llaves de la librería, apretadas en la mano. Las estrujaba y las soltaba.

Solo había unos pocos metros desde la parada hasta el local. Frente al portal, todo seguía igual. Se dio cuenta de que llevaba más de una década sin ir, desde antes de irse unos años a Londres. La verja metálica estaba echada, cerrada con llave. Abrió con cuidado. El chirrido se perdió entre el eco hueco de la calle. Se asomó una señora por la reja de enfrente que le soltó que llevaba mucho tiempo cerrada. Aprovechó para preguntarle por su padre, si lo conocía.

—A ti también, Helena. La voz no cambia, aunque disimulemos camuflándonos con canas y arrugas.

Se acercó, contrariada. De cerca la reconocería, pensó.

—Hace años que no venías —le soltó mientras se acercaba.

—¿No habrás visto a mi padre hoy por aquí?

—Viene a menudo, barre dentro y quita el polvo. Charlamos mucho. Me sigue hablando de ti, de su niña. ¿Qué tal tu bebé?

—Se me ocurrió que podría estar aquí. Llevo todo el día buscando.

—Vaya, pensé que por fin te habías decidido tú a llevar la librería. Todavía puedo verte sentada en la acera leyendo.

Se lo agradeció. Quería acordarse de ella, lo deseaba. Acercarse más a su padre. Empujó la puerta y el olor la golpeó: polvo, papel envejecido, humedad. Olor a otra época más fácil. El tipo de aroma que no se olvida nunca. El tipo de olor que habla de cosas que han sido importantes para alguien.

A la luz le costó encenderse, tuvo que parpadear dos veces. Seguro que la librería estaría dormida y no quería que el despertar fuera brusco, pensó. Dentro de su desorden nada desentonaba, todo parecía haber sido abandonado de repente, con prisas, pero rezumaba vida: estaba impoluto, sin una mota de polvo.

Entró despacio, tampoco quería despertarla. Paso los dedos por la hilera de libros. Cuando llego al mostrador, buscó sus cosas personales. Encontró facturas antiguas, un libro de cuentas con anotaciones en su letra minúscula. Nombres de clientes, recomendaciones, cifras pequeñas. Poca cosa, debía haber algo más.

En uno de los cajones de arriba encontró un cuaderno de doble pauta, al que le faltaban muchas hojas y en cuya portada ponía «Mates quinto curso». Lo ojeó. Eran listas de libros, anotaciones sobre autores, frases copiadas con cuidado. Textos con su letra, llenos de tachones.

Recorrió las estanterías como quien explora una memoria. Algo de espeleología tenía buscar de esta manera. En una caja de cartón encontró varios recortes de periódicos antiguos donde hablaban de la librería, volúmenes dedicados por autores que nunca había oído, notas en los márgenes, dietarios con fechas rodeadas en rojo: presentación de Marisa, reunión con comercial, noche de lectura en voz alta... Pero también cosas más personales: vuelta de Londres de mi pequeña, mudanza, me quedé solo...

Detrás del mostrador encontró una foto que no recordaba. Debería tener unos once años, calculó, ya que se acordaba de ese vestido. Su padre y ella, él con la camisa arremangada como si viniera del campo, posan alegres. Sería su madre quien hizo la foto, pensó.

Acercó la foto, para poder ver qué ponía en la cartulina que llevaba de niña. «Seré la próxima librera». Giró la foto, sabía de la costumbre de fechar las fotos de su padre: «Desde hoy, 23 de abril de 1988, esta es la librería de Helena».

No le hizo falta nada más, cerró la puerta de la librería, pero no pudo evitar que sonara. La vecina se volvió a asomar y se despidió cortésmente. Mientras caminaba de regreso a la parada del autobús, pensaba en cómo le explicaría a Saúl todo lo que había sentido. Tal vez no podría. Tal vez no haría falta. Algunas cosas solo existen cuando se recuerdan. Y otras, cuando se comprenden, no hace falta ponerles palabras.

Mi querido Alberto:

¿Será que me alegraste la vida cuando te vi en el entierro de Pablo?

¿No me digas que no fui capaz de revolverte algo por dentro?

¿Por qué esta vez no intentaste besarme como el día de la inauguración de la librería?

Morirse en enero, como morirse un lunes, nunca es buena idea.

ALINE

Córdoba, 25 de junio de 2018

La última vez que intenté besarte estuviste meses distante. Además, ahora solo soy un tartamudo cada vez que intento hablar por teléfono, ya te podrás imaginar el resultado cada que vez que intento escribir en el ordenador.

El otro día Helena me mandó a hacer un recado. Para eso sí sirvo, para el resto ya ha avisado que debo ir pensando en irme a vivir con ella. Tenía que pagar unas facturas en el banco, cerca del centro, en Ronda de los Tejares. Me recordó a aquellos mandados que le hacía a mi madre y que se me daban tan bien.

Cuando hice la cola me informaron, lo pongo así, sonará menos brusco, que ni era ese día ni era esa hora, y que lo debía hacer en el cajero. Contesté que no sabía cómo hacerlo, que solo he actualizado la cartilla, y fue hace años. «No tengo tiempo, tengo muchos clientes», fue lo único que contestó.

Llamó a alguien con más edad, unos cuarenta, calculé. Me guió durante todo el proceso, me hablo de su hija, Ana, como ella. Me pidió que entrara para que recogiera algo, una tarjeta o así. Salí del banco contento, y recordé que la última vez que salí alegre de un banco, hace ya varias décadas, terminé borracho y encerrado en un baño. Así que me fui a las terrazas de enfrente, donde Helena empezó a andar por primera vez, y me pedí un medio de vino. No sabían lo que era.

Sigo mirando las carteleras de los pocos cines que ya quedan, a ver si vuelvo a verte. Deben haber envejecido todos, ya no se dejan ver.

No me importa cumplir años, yo me lo repito sin cesar: envejecer es un desafío en sí, especialmente cuando se trata de enfrentar el temor de perder habilidades y capacidades que han sido una parte fundamental de nuestra existencia. Hasta ahí lo llevo bien. Cuando el pulso comienza a temblar y la vista comienza a fallar, me preocupa encontrar el sentido en nuestras vidas y empiezo a rendirme, en silencio, asumiendo que no seré capaz de escribir una novela, que ya no podré leer nada nuevo...

Te preguntarás cómo relleno ahora los huecos que me dejan los días sin responsabilidades. Ando, así, sin especificar a dónde; un andar por andar a ver qué veo. Caminar sin rumbo fijo, admirando las fachadas de las casas, las plazas llenas de vida, los patios rebosantes de flores.

Siempre busco, sin quererlo, calles estrechas y laberínticas, con casas blancas adornadas con macetas de colores, y me entretengo en localizar tonalidades según la estación del año. En algunas de ellas se pueden ver rejas forjadas con motivos florales, y es posible escuchar el sonido del agua de las fuentes cercanas. Cuando me canso de mí, me encamino a alguna plaza, donde la vida bulle. Busco las terrazas de los bares, llenas de gente charlando y disfrutando del sol. Cuando quiero añorar busco donde haya niños que corran y jueguen mientras los mayores se sientan en los bancos a observar el trasiego de la gente y el sonido se mezcla con el murmullo de lo que veo y de lo que no participo porque ya se sabe que los jubilados caminamos y miramos; nos reconocemos, asentimos, y seguimos caminando.

Como aquellos paseantes de París necesito caminar para sentirme vivo, para sentirme conectado con la ciudad y sus habitantes. Hoy, el paseo es diferente. No puedo ver mi escaparate vacío: están reformando el edificio y todo está tapado por lonas y andamios. Sin verme reflejado en su escaparate me da por recordar la fragilidad de las cosas, no lo efímero de la vida, pero sí lo inútil de muchos esfuerzos que realizamos como si fueran responsabilidades, y que la única responsabilidad que me quise autoimponer, escribir una novela, no he sido capaz de cumplirla. Al menos vendiendo el edificio pagué deudas y me quedé el local de la librería por si acaso Helena lo necesita.

¿Te acuerdas hace años cuando me preguntabas qué odiaba, qué amaba? ¿Sabes qué odio ahora? Pensar que, como yo estoy en decadencia, el mundo también lo está. Esas conversaciones donde, nosotros, los jubilados, nos ponemos por encima del resto. No queridos, no se acaba el mundo, no es mejor lo que nosotros vivimos. Lo que va desapareciendo es nuestra forma de entender la vida, quienes van a ver el ocaso somos nosotros, no el resto. Valoramos nuestros libros, nuestra música, nuestras películas. Lo de ahora, no eso no, eso es mera superficialidad. «Esa música machacante no es música, la de verdad era la música disco; estas películas de superhéroes no son cine, el verdadero cine era de vaqueros o romanos; estos actores no saben transmitir, siempre hacen en el mismo papel, fíjate en los de antes, esos personajes de sirvientas andaluzas o de catetos perdidos en la gran ciudad».

Pasa igual con las novelas, no las lees, pero los criticas, ya no es literatura, solo intentos banales. Lo siento, me niego a dar por hecho que el mundo decae porque ya no sea el mismo que conocimos.

Y te sueño como un preadolescente, sin sentido ni motivo. Te sueño como ese protagonista de *Noches blancas*, de Dostoievski, que es capaz de enamorarse en una sola noche, de un solo vistazo. Es ahí, entre sueños, donde no me parece ridículo ni me avergüenza la situación.

Avísame si, ahora, también me aconsejas que no me enamore de ti. ¿Tienen sentido estos pensamientos adolescentes cuando ya pasé la sesentena? Me la tengo que jugar como él, aunque espero que tenga un final distinto.

Vivir en presente, aceptar los cambios, encontrar belleza incluso en la adversidad de ver algo tuyo sin uso, de ver en lo que quedan los años de esfuerzo y decidir que, aunque solo sea para que estos paseos tengan sentido, aunque solo sea para pararme frente el escaparate ya vacío y volver a rememorar una y otra vez que yo tuve una librería en la calle de la Feria, no pienso vender el local.

Aunque solo sea para poder decir que hoy aún soy librero. Mañana seré páginas: las que leí, las que escribí.

ALBERTO O

Mi querido amigo:

Me canso, me agoto más fácilmente de lo que solía hacerlo. Lo sé porque así quiero creerlo. No quiero arriesgarme a morir en el escenario, sino que prefiero despedirme de este mundo mientras todavía estoy viva, mientras puedo decidirlo. Mira que soy trágica, eso no cambia.

Es por eso que he decidido regresar a París, cerca de mi sobrina (hija de una prima hermana), la única familia que tengo, la única que los años me han dejado. Allí estaré en un ambiente más tranquilo y sereno, donde puedo disfrutar de la vida y los placeres que ofrece la ciudad del amor. No obstante, quiero que sepas que seguiré teniendo mi piso en Madrid, por si acaso. Entiendo que el proceso de trasladarme a París podría ser un poco complicado, pero estoy mirando algunas residencias donde pueda vivir cómodamente. No quiero ser una carga para nadie, seguro que te cuesta imaginarme con otros ancianos. Eso somos, querido: unos ancianos que no quieren molestar.

Con amor y agradecimiento, con la extraña sensación de que me estoy despidiendo de ti.

Cuídate, querido librero.
Aline Pérez

Mi querida Aline:

Ya no vivo solo, ahora comparto casa con otra familia, la de mi hija. Cuesta dormir por las noches. Me entretengo esperando que la claridad entre por la ventana, que las tupidas cortinas permitan ver cómo empieza el día.

Ayer encendí la lámpara, tomé las gafas de lectura y me acerqué todo lo posible a la luz artificial, mientras la animaba a que se decidiera a salvarme. Mi estómago va a su aire y ha decidido que su edad le da libertad, así que decidí que iba a desayunar algo, solo un primer desayuno, luego podría hacer el desayuno principal con mi familia.

El pasillo estaba oscuro, aunque había entendido que mi yerno, tan apañado él, me había puesto una luz para poder ir al baño por la noche sin caerme. No se encendió, y como no se encendió, no me vieron, y como no me vieron, pude escucharle decir que los canso, que es como tener otro niño en casa y como no puedo estar más de acuerdo, fui al frigorífico y saqué la última natilla, de esas que le chiflan a mi simplón yerno, tan atento él como insulso, y me la zampé a escondidas en mi cuarto deseando oír esta noche preguntar por ella para que yo responda que, con mi diabetes adquirida, también de regalo con la edad, no tomo dulces.

Hace algunas noches soñé con la voz de mi hija. No la de ahora. Soñé con su voz de niña. Debió ser que la vi muy derrotada, cuidándonos a todos y bastante sola. ¿Era eso por lo que me pedía un hermano? Me hablaba, me quería convencer de tener más hijos, de que no me preocupara, que ella sabría cuidarlo. Debió ser que la vi suspirar profundamente, mirar a mi yerno y verlo con el móvil, mirarme a mí, que no era capaz de abrir la lata de atún que me había pedido para echarle a la ensalada que preparaba, mirar al bebé, que no era capaz de tomar el biberón solo. ¿Qué hubiera hecho en ese momento, llamar a su hermano?

Me quiere convencer, así que su voz infantil propone más ideas. «Si lo prefieres, puede ser niña. Aunque ya no sé si me seguirás llamando "mi niña". Puedes hacerlo en secreto para que no se sienta mal. No tendrías que peinarla, yo sé hacerlo. Ni bañarla, ni darle de comer, ni pasearla… Todo eso lo puedo hacer yo. Llevarla al colegio sí, que a doña Dami no le gusta que llegue tarde y no me dará tiempo a dejarla en su clase. En el patio no podré verla, los pequeños salen al patio de delante, donde están los neumáticos, ¡vaya suerte va a tener! Seguro que pasan el día jugando.

»Los cuentos que ya te inventabas para mí puedes volver a contárselos, prometo hacer como si fuera la primera vez que los escucho, me sale muy bien la cara de sorprendida, mira».

Su voz de niña tiene cuerpo de mujer y cara de sorpresa. La voz de niña ya intuía que iba a necesitar un apoyo cuando se quedara en mitad, plantada, mirando arriba, a su padre, mirando abajo, a su bebé. A la voz de niña le pedí perdón por haber pensado más en mí que en ella hace cuarenta años. La voz de niña tiene razón: sabe cuidar, al menos cuidar a los demás, porque me da la sensación de que le está costando cuidarse.

Las noches se me hacen largas. Los días son muy cortos. ¿Por qué las personas, cuando somos mayores, no queremos dormir? A la noche se le debe ganar haciéndose acompañar con libros. Así no me ve solo, así me deja tranquilo.

Descansa, yo no me despido aún.

ALBERTO O

Córdoba, 15 de marzo de 2022

No me importa que no me contestes mis cartas. Ayer, ya tarde, cuando todos se habían recogido, fue mi enésimo intento por empezar a teclear el folio en blanco que acababa de introducir en la vieja Olivetti, uno tan impoluto y blanco como difícil de querer manchar a posta. Justo antes de empezar a teclear, me volvió a escocer la mejilla. Agarré un pequeño bloc de notas que quería imitar a la famosa marca que los autores de verdad llevaban en el fondo de los bolsillos de aquellos abrigos de lana, tan largos y gruesos, que los hacían andar encorvados. Pensé en los abrigos que duraban vidas e incluso se heredaban de padres a hijos. ¿Dónde está mi abrigo marinero? Mi bloc de notas comparte el mismo color, forma y tamaño, aunque un poco más pequeño hubiera estado mejor. Me hubiera gustado comentárselo a mi hija cuando me lo entregó como regalo en mi último cumpleaños; en lugar de quejarme, disimulé una mueca de ilusión. Cualquier regalo, a partir de los sesenta, no debe de cambiarse, para no arriesgarnos a que no vuelva a llegar otro.

Ahora, con semanas de distancia, dudo si me habría notado en el gesto el disgusto, en ese fruncir de boca que me es tan característico desde mi infancia. Un día decidí que se quedaría conmigo, como el que tiene una marca de nacimiento, cada vez más grande y difusa. Antes de casi levantar la vista, cuando aún no había acabado de quitar con sutileza el papel de regalo, mi hija me espetó que gracias a su tamaño, podría encajar el bolígrafo que venía en el *pack*.

En principio, la idea le convenció. Ver cómo mi hija, ya adulta, ya madre, es quien me regala, quien me intenta hacer ver que es un regalo comprado, habiendo evaluado las diferentes posibilidades. Miré con detalle el bloc, dos o tres veces, antes de empezar a imaginarme portándolo mientras paseaba, sentado en una cafetería, e incluso haciendo pequeños dibujos, a modo de apuntes, sobre lo que iba viendo. Dejé volar la imaginación; lo llevaría en la mano, nada de guardarlo en la mochila o intentar que cupiese en algún bolsillo.

Cuando volví a la salita, serví el café y dispuse algunas pastas sobre un plato hondo, terminé de abrir el paquete y no tardé unos segundos en comprobar la incomodidad de un bolígrafo con forma cuadrada. Hacer el café de la mañana y el de la tarde es la única responsabilidad que me dejan tener.

Se puede considerar que tuve un día exitoso, días en los que todo sale tal y como lo hemos planeado justo antes de irnos a la cama la noche anterior. Esos días en los que se consigue clavar la rutina propuesta desde la mañana a la noche. Leí, paseé y eché de menos. Y las tres cosas, las disfruté. Estuve todo el día medio cansado e irritable, debido a que, desde hace algunas noches, tengo que levantarme varias veces al baño. Ya podría haber sido porque, o bien el filete debía llevar ya unos días en el frigorífico, o bien porque a veces las cenas copiosas no tienen por qué sentar bien.

Antes del amanecer, justo antes de que empezaran a abrir los locales que dan desayunos a los más madrugadores, conseguí dar una pequeña cabezada. Bien podría haberme quedado toda la mañana en cama, ya que, como cada sábado, nadie me esperaba.

Sin embargo, al abrir levemente los ojos, en esos momentos en lo que te puedes volver a girar sobre ti mismo y, en otra postura, intentar volver a dormirte, intuí, por la luz que ya entraba desde los huecos de la persiana, que había salido el sol.

Mi hija llamó a media mañana. En realidad, solo me mandó un WhatsApp, con letra enorme, donde me informaba que llegarían tarde. Ya voy descifrando el lenguaje de las madres, como anteriormente tuve que aprender el de las hijas: el de las hijas niñas, el de las hijas adolescentes, el de las hijas jóvenes adultas y, de todas las modalidades de hija, es la que menos me ha costado entender. Llegar tarde significó que no me dejaran dar las buenas noches, por temor a despertarla. Obediente, no me moví del marco de mi puerta.

Hoy, de madrugada, agarré uno de los libros que he rescatado de la librería, siempre de edición antigua, siempre de los que llevaban muchos años intentando ser vendidos. Ya no me importa que no se venda. Me entretuve pensando qué libros regalar estas Navidades. Calculé mal, no sonó primero el despertador de Saúl, Sara llamó a su madre, por comida o porque estaba sucia, o porque no sabía lo que le pasaba, pero algo le pasó y quería a su madre. Dejé el libro y las gafas en la mesita de noche, justo encima del libro, y presto, como si de repente no me doliera la espalda, pero cauteloso, casi sin hacer ruido y abriendo mucho los ojos, me acerqué al cuarto contiguo porque quería llegar antes que mi hija. No encendí la luz, en cuanto Sara notó mi presencia dejó de llorar.

La alcé en brazos todo lo delicado que pude, la puse sobre mi mejilla, para eso me afeito cada noche, para no rascar a mi nieta. En cuanto oí a alguien andando por el pasillo, las luces automáticas también ayudan, la solté y le pedí que me guardara el secreto de nuestras visitas clandestinas, que perdonara a su madre por no dejar que su abuelo la tenga en brazos durante el día, vaya a ser que se caiga.

La que ayer mismo me volvió a contestar, de malas formas, que ella nunca quiso ser librera.

Dado que en lugar de descansar, de dormir, me encuentro leyendo y escribiendo por turnos, me siento exhausto, con una carga encima que pesa más por su acumulación que por la sustancia, que por sí sola no debería pesar.

Y así, casi abrazados, le confié esto mismo tal y como te lo escribo ahora.

Sigo buscando la forma de decirte te quiero.

ALBERTO O

Querida Aline:

Debería sentirme afortunado por cenar siempre con alguien querido y no con desconocidos. La cena de cada domingo es la única que hacemos los tres juntos. Dicho así podría sonar a la típica cena familiar, pero luego se añaden los detalles explicando que cada uno ha preparado su cena y la hemos engullido lo más rápido posible para, casi sin terminar de tragar, desearnos buenas noches y, así, con prisas, dar por finalizado el domingo.

Este domingo le he dado varias vueltas al plato de verdura que me había preparado, mientras, con la vista en blanco, añoraba que me necesite y pasar otro tipo de tiempo con mi hija, no solo rutinas organizadas; despierta al bebe, haz las camas, ve a comprar, pasea a la niña, piensa en qué comer, quédate solo un sábado… Y que todo esto nos conduzca arrastrándonos hasta el final de la semana, como una carrera en la que pasar juntos los domingos, cuando parece que se arrastran hasta llegar al momento de la cena.

Hay una imagen, una foto mía que se repite, que va y viene por temporadas y, a veces, dudo de que alguna vez haya existido, aunque yo recuerdo nítidamente haberla visto.

En la foto solo salgo yo, mirando liviano, casi sin querer, ladeando ligeramente la cara hacia la derecha, tan suave y tierno que solo un ojo entrenado sería capaz de percibir que estoy muy enfermo. Debo tener unos cuatro años, y no era común en esa época tener fotos de niños tan pequeños. Ahora mi nieta tiene cientos de imágenes y vídeos que se comparten hasta la saciedad.

Obvio que no recuerdo el día en el que me tomaron la foto. Pude ponerle cara a mi salvadora, Aurora, cuando leí un artículo en el periódico local sobre la excursión de varios días de unos niños tuberculosos, quizá con la edad que yo tenía en esa foto, a la playa.

¿Se acordará ella de mi cara de niño?

Sin embargo, rememoro sin apenas esfuerzo el motivo de la instantánea. Creían que estaba tan enfermo que nunca me recuperaría, y mírame, soy capaz de contar esta anécdota setenta años más tarde y poder seguir hablando de parecidos. Aurora sigue con su misma cara, mientras yo dudo si ahora sería capaz de reconocer a aquel niño al que cuidó.

Helena tenía la misma cara que ahora mi nieta, esas orejas medio escondidas, las ojeras marcadas aun habiendo descansado más horas de las necesarias y ese pelo tan rizado y espeso que es imposible introducir las yemas sin un cierto trabajo. También había heredado su carácter de mandamás, sus ganas de planear, su necesidad de actuar ante cualquier injusticia. Esto último solo lo intuyo, pero soy capaz de percibirlo y ambas se parecen a mí. Sin embargo, yo hubiera preferido que fuera clavada a su madre. Ese carácter tierno y noble, las ganas de reír por todo y no tomarse en serio aparentemente nada, la forma en que necesitaba tener varias tareas pendientes sin que consiguiera acabar ninguna.

La nariz rechoncha, la entrada del pelo tan tardía que hacía que la frente deseara ser tapada por ese pelo lacio y fino, las piernas fuertes, con músculos sobrecargados sin hacer apenas esfuerzos, sin hacer ningún tipo de deporte.

Seguiremos escribiendo, cenando rápido y buscando parecidos que nos sirvan para recordar cuando ya nos queda más vivido que por vivir, y, que por supuesto, tampoco sé imaginarme otra vida.

Alberto O

Querida Aline:

Vi una foto, una cualquiera que me había hecho Helena una tarde que pasábamos entre paseos y parques para entretener a mi nieta. Veo fotos porque me sobra el tiempo. Estamos los dos agachados, dándole de comer a las palomas que hay en los jardines de Los Patos. No esperaba verme tan mayor, tan alicaído. ¿No será que ese de la foto no soy yo aún, sino el que seré en unos años? Prefiero pensar, porque podemos elegir lo que queremos creer, que solo es un efecto de la cámara y que debemos seguir confiando en que los espejos saben mentir.

Si me paro a pensarlo soy capaz de autoconvencerme: la vejez solo es un último fin de semana de agosto donde vuelve a suceder todo por primera vez y no quieres perderte ni un minuto, ya que septiembre se acerca, siempre termina el verano. Aprieto bien las manos, la artrosis no me molesta e incluso aprieto un puño, como un joven lleno de energía. Al mirarme a los ojos en el espejo no me veo como en las fotos. Miro la única foto que tenemos juntos, la de la primera vez que nos vimos. La tengo guardada en una carpeta azul, escondida entre los calcetines. No miramos el objetivo, nos miramos sonriendo como bobos, lo que éramos. Solo puedo pensar que nos hemos rejuvenecido, así, en un instante, o que lo único que no va a envejecer es seguir mirándonos. Decido, aquí y ahora, que siempre te veré con esa edad.

Solo soy un preso que come, vive, piensa hasta que se da cuenta de que vive encerrado, que hay un funcionario de prisiones que lo vigila, y se vuelve a olvidar, por ratos, de que lo vigilan, y vuelve a comer, andar y vestirse, pero sigue preso.

Hace unas noches, mi hija me abrazó al darme las buenas noches. Hacía años que nadie lo hacía, y no me había dado cuenta. Un abrazo siempre es materno: no somos nosotros, los padres, quienes abrazamos. Yo le enseñé a atarse los cordones, a montar en bicicleta y a hacer la rana en los ríos. Después del abrazo, solo era capaz de mirarla. Quería darle las gracias. Me quedé frágil, sin fuerza ni savia: un árbol seco.

La abracé una vez, en su boda. Yo, entre lágrimas; ella, mirando, saludando a los demás, con ganas de terminar ese abrazo para atender al resto. No volví a abrazarla más.

Me emocioné también cuando nació mi nieta. Tan pequeña, tan dependiente. Claro que habría abrazado a mi hija. Le habría prometido que nunca le pasaría nada. Pero ahí, en ese momento, dejé de ser padre, y a los abuelos no se les mira igual.

Ahora, cada noche la espero de pie. Solo tengo que medir bien el tiempo. En cuanto se levanta del sofá, una vez dada su primera cabezada, si no es que va a la cocina o al baño, me incorporo y la intercepto en el marco de la puerta. Hago como que suelto un libro. No me voy a quedar sin un abrazo antes de dormir. Con los años vas viendo las decisiones que tomé de manera diferente.

Elegí la librería por encima de todo. Pensaba que era mi vida aquí, o que, siendo Helena tan pequeña, no debía moverme. Un mero lector no deja de ser solo un espectador: leer una vida que no tienes, que se escurre entre palabras.

Ni padre, ni esposo, ni amigo. Solo librero. La librería fue, al mismo tiempo, mi salvación y mi condena. Y me perdí tanto, que ya es imposible recuperar nada. Con los años, las decisiones dejan de parecer elecciones y se convierten en marcas.

Elegí la librería por encima de todo.

Me convencí de que quedarme era lo correcto, que Helena era demasiado pequeña.

Pero era miedo, Aline.

Miedo a salirse del margen.

Ser lector es otra forma de esconderse: leer lo que uno nunca se atrevió a vivir. Ser espectador de vidas ajenas mientras la tuya se escurre entre páginas.

No fui padre, ni esposo, ni amigo. Solo fui librero. Y ni siquiera uno bueno.

La librería fue mi refugio y mi condena. Me protegió del mundo, pero también me encerró en él. Y en ese encierro me perdí tantas veces que ya no sé si queda algo que recuperar.

Laura ya no está, Helena no me necesita, los amigos quedan cada vez menos. Y lo peor: ni siquiera la librería me espera. Solo sabe ya acumular polvo. Como yo.

No voy a rendirme, no puedo hacerlo, aunque me queda cada vez menos; no de vida, que eso ya lo sabemos, me queda menos capacidad para leer y escribir. Cada vez veo peor, cada vez me duele más el escribir. ¿Dónde leí que lo que pasa siempre es mejor que lo que podría haber pasado?

Me he dado cuenta, demasiado tarde quizá, de que nosotros, los que anhelamos ser escritores, solo tenemos una sola novela por escribir y, como el resto de los mortales, un solo amor para recordar. Ambas tienen que ser los primeros. Eso no quita que podamos amar miles de veces ni que podamos escribir decenas de novelas. Solo debemos tener claro que las veces que amamos, todas las demás veces que escribimos, solo estamos buscando recrear ese primer encuentro, esa emoción tan intensa que sentimos cuando nos enamoramos por primera vez, cuando aprendemos a escribir algo que merezca la pena.

Me estoy resistiendo a la tentación de poner la novela insigne de varios autores. Claudicaré porque la vista no me da para mucho y no quiero malgastar en hablar de algo que no contenga un «nosotros».

Siempre me faltaba algo, siempre había algo que no cuadraba. ¿Por qué siempre estamos preocupados por cosas que olvidaremos en unos días? Ya no recuerdo lo que pasó hace horas. ¿Por qué debería seguir pendiente de lo qué vendrá ahora?

Escribí todo lo que pude. Siempre pequeños relatos, todos de diferente índole. Imité a todos los que leí. Tranquila no te voy a dar una lista de autores, de algunos nombres ni me acuerdo, imagínate de las obras.

Se ha estado gestando en mi interior desde hace años, una historia que estaba llena de significado, propósito y esperanza. Sola, sin saberlo, como un gusano larvario que se alimenta de mi propio ser.

Abarca amor, bastante; cierta aventura, menos que amor; algo de redención, necesario y dosis de aprendizaje, forzoso.

Cada uno de los dos personajes principales de esta historia es una parte de mí, una expresión de mis pensamientos, de mis sentimientos y de mis valores.

Porque de eso deben hablar las novelas que nunca escribimos, de lo que a nadie le importa; de lo que solo nos importe a nosotros.

Si solo tenemos una historia de amor y una historia por escribir quiero que lo nuestro quede por escrito. Por esto, con tu permiso, me gustaría pedirte un favor que me haría muy feliz.

Si tienes en tu poder las cartas que te escribí en el pasado, te agradecería mucho que me las enviaras.

Ordenarlas y volver a leerlas juntos y contarme nuestra historia no solo por lo que recuerde, sino por lo que nos contamos en estas décadas. Me encantaría leerlas de nuevo. Para eso te propongo que te vengas a pasar las Navidades con nosotros, que te acompañen en tu nuevo periplo por Córdoba.

Quiero escribir una novela sobre nosotros, que represente nuestra historia juntos. Y, así, terminar nuestra historia, darle el cierre que se merece, dejarla por escrito en algún cajón de los muebles de Ikea que huelen igual, y así saber despedirme de lo que fue y podía haber sido de otra forma.

Así, seremos capaces de dejar un trozo de nosotros en estanterías de desconocidos.

ALBERTO O

Querido Librero:

Pero bueno, Alberto, ¿acaso no tienes suficiente imaginación para escribir tu propia novela? ¿Necesitas mis cartas para inspirarte?

Te escribo por respeto, pero si lees la última carta ya te avisaba que me estaba despidiendo. Ya no hay llamadas, ya no tenemos nada que contarnos que no hayamos hecho ya. ¿Eso quieres, contarnos nuestros aburridos días? Allá voy.

Hoy, lo primero que me espabiló de la sensación de entrevela fue una canción infantil que enseguida comencé a canturrear tan bajito que casi ni yo misma me escuchaba. Estoy segura de que, si me parara a saber qué dice la letra, hablaría de las ganas que tienen los padres de que su retoño se duerma amenazándolos con lobos, con hombres del saco, con ogros…

En cuanto abrí los ojos ya no sabía de dónde venía la canción de cuna, me encuentro en el sitio más opuesto posible. Me surgía la duda de que fuera en la habitación continúa.

Llamaron a la puerta. Despacio, la abrieron. Era Antoine preguntando qué tal la noche. Siempre me dice que no puede evitar notar cómo pronuncio su nombre alargando tanto las sílabas y, junto a ese acento tan particular que debo tener para un auténtico francés, le engancha. Dice que le produce un breve cosquilleo que le sube desde la nuca.

El primer día, le llamó la atención cómo, al detenerse el taxi y, sin contemplaciones, le pedí que me ayudara a salir del vehículo y a bajar las pesadas maletas sin que al taxista le hubiera dado tiempo a reaccionar. Sobre todo, me contó que le llamó la atención que viniera a la residencia de mayores sin que nadie me acompañara, al menos, el primer día. Siempre me dice que ni siquiera ese día tuve las promesas de las visitas de familiares.

Me recuerda a ti.

Ahora la respuesta la buscas tú. Lo pienso y lo veo inverosímil. Imagino que soy el cartero y que, por curiosidad, abro tu carta y me encuentro con que un señor de más de setenta años le está pidiendo a una anciana mayor que él que se vean.

Antonie ha revisado que en la habitación estuviera todo en orden, y se ha fijado en las dos maletas apoyadas debajo del amplio ventanal, como un escalón para poder saltar por él. Me ha vuelto a mirar queriendo preguntar, intentando saber por qué está todo recogido si aún quedaban unas semanas para las vacaciones de Navidad. No lo hace, se limita a revisar por enésima vez que la ducha no gotee.

Le conté tu propuesta.

No contestó nada y volví a quedarme a solas. Miré por la ventana recién abierta intentando ver aquel paisaje que me acompaña cada mañana.

Hoy viene mi sobrina a verme, imagino que para organizar las Navidades. Antes de pasarlas con ella voy a estar toda la semana diciendo adiós, sin que nadie se dé cuenta. Me organizaré de la siguiente manera: empezaré a despedirme de lo más fácil y, según vaya avanzando la semana, de lo que me cueste más.

Acabo de ordenar mi mesilla de noche, recogí tu último libro. Miro mi habitación. Una habitación solo funcional, hecha para que solo guste; ni te horrorice ni te encante. Solo una habitación hecha para quien ya no tiene casa.

Anoche le tocó el turno a las postales y las cartas, esta vez por preferencias, primero las que más he releído, las que podría recitar de memoria con un soniquete de tablas de multiplicación. Coloqué la última que he recibido fuera de la lista, como si esta en concreto no participara en la competición.

Recién llaman a la puerta, otra vez. Secos los dos primeros golpes perentorios que contrastan con lo que ocurre en el interior de la sala. Un último golpe con cierta parsimonia, casi solemne, me hace saber que era alguien cercano quien la reclama. Abren la puerta con violencia y, como si se tratara de un paquete de correos, me informan de que tengo visita sin que le dé tiempo a cerciorarse de que no se ha equivocado de Aline.

Antes de bajar, quiero volver a tumbarme sobre la cama, encima de la colcha que acabo de estirar. Cruzo las piernas, miro las manchas de humedad del techo. El jolgorio de los niños, que corren con la misma energía con la que se quejan de tener que pasar la mañana de un día sin colegio en una residencia llena de mayores, hace que quiera mirar constantemente por la ventana. Aceptar tu propuesta conlleva arriesgarse a que el deseo de encontrarnos cese. Temo que, cuando nos volvamos a ver, solo sepamos mirarnos las arrugas, y ese deseo de abrazar se diluya y seamos solo dos voces, dos extraños que han tomado una decisión equivocada, nefasta, como es extraño dejar de desear lo deseado una vez que lo logramos. Vuelvo a acercarme a la ventana porque ya intuyo que le estará dando la luz y, por muy tenue que sea, ilumina.

¿No habría sido mejor haber vivido menos y amado más? Tampoco estaba tan mal: lo tenía todo. Alfonso tenía un corazón enorme, sabía quererme. Podría haber sido más sincera desde el principio, decirle que no entiendo la familia. Ahora, en bata, sin querer mirar por la ventana, con toda la residencia en silencio, me lo pregunto todo. Nunca supe quedarme, nunca supe recibir. Solo me pedía un hijo, solo eso. A lo mejor ahora estaría con él y no aquí, donde he terminado, en cuanto descubrí que la convivencia con mi sobrina iba a ser imposible. ¿Para eso volví a París?

¿Qué me pedías tú?

Eso lo tengo menos claro: a veces una confidente, muchas veces una amante, otra vez en Barcelona la madre de tus hijos. Es más difícil saber qué pedías porque ni tú lo sabías. Al menos tú no cometiste el error de dejar a quien te quería, aunque el resultado fue el mismo. Tuve más. No te enfades, seguro que lo imaginabas. Todos se iban antes del desayuno, antes del café. No supe envejecer, y no quise. Tampoco ayudó que, en la última década, alcanzara esa fama que deseé a los veinte.

¿Quién me llama ahora?

Ayer volví a maquillarme. He decidido que lo voy a hacer cada tarde, cuando ya nos den la cena. Ahora no puedo encender el grifo de la bañera cuando no quiero escucharme; vendrían enseguida a preguntar qué pasa. Lo único que puedo hacer es poner la tele muy alta. En esta edad, puedes inventarte cualquier dolencia. Lo típico: no sé qué comí ayer, pero sí sé lo que mi cuerpo recuerda. A esta edad todo es una melancolía dulce, deseable, como la luz de las películas de los años cincuenta, tan etérea.

Lo supe siempre; solo se lo dije a mi padre. Imagino que por eso, asustado, se vino unos días a Lisboa. Yo prefería pensar que era para cuidar de su hija. Al único que debería habérselo contado es a ti, y antes de que mi cuerpo decida también que es momento de olvidarlo, lo dejo por escrito. A ti, que nunca fuiste capaz de unir cabos ni de contar meses.

Siempre pensé que el hijo que no tuve, que tampoco deseé, era nuestro. También que, si te lo hubiera contado, hubiera salido adelante. Ahora es mejor no mirarse mucho al espejo, solo cuando, a última hora del día, me maquillo. No te sorprendas: las mujeres siempre sabemos esas cuestiones. Siempre pensé que lo nuestro no tiene fin, solo pausas necesarias para descansar, y que en alguna de ellas sabríamos reconocernos y aceptarnos.

Si te sirven mis cartas para dar vida a una novela que haga justicia a nuestra historia de amor, estaré encantada de prestártelas. Solo espero que no las uses para crear un *best seller* sensacionalista que solo busque el beneficio económico. Hoy mismo salen para allá junto a esta carta. Léelas y déjalas atrás. Si vas a escribir nuestra historia, no debería terminar así. Pasemos las Navidades juntos, pasemos enero, febrero y que venga la primavera, si tiene que llegar. Escribe una historia de amor con final feliz, aquí, a mi lado.

Esperando a su querido librero
ALINE O

Llegó a casa tan tarde como de costumbre, y olía a cerveza. Helena intentó recibirlo con su alegría habitual. Seguía igual, pero tenía una sensación extraña: no de alegría. No sabía dónde estaba su padre aún, ni qué había pasado con el hijo de Carlos. En cuanto se sentó, le dio un beso en la mejilla, que él no rechazó, y le preguntó por la negociación.

—No ha ido bien la negociación. No cuentes con ese dinero.

Ella tragó saliva. Quería que hicieran un viaje juntos los tres por primera vez ese verano. Antes de poder responder, él añadió:

—Menos mal que para las vacaciones tenemos la pensión de tu padre, como el verano pasado.

Se quedó callada, casi inmóvil. En cuanto Saúl fue a cambiarse de ropa y a mirar la cocina, ella se fue derecha al cajón de la cómoda donde su padre guardaba el dinero. Obvio, pensó. No está el dinero. Volvió tranquila al salón. No es el momento.

—¿Dónde está tu padre? La niña está llorando.

Le explicó todo su periplo: las cartas, su búsqueda, la policía y la agresión. Saúl miraba ensimismado, como si la historia no fuera con él.

—¿Pero dónde está?

—Creo que se ha ido a París, con Aline. Ven, que te enseño algunas cartas.

Rehusó la propuesta, así que ella decidió ducharse; quería lavarse el pelo. Disfrutó con el agua caliente, se entretuvo echándose el champú, frotando bien, aclarando y poniéndose la mascarilla. Llevaba una temporada con el cabello muy seco.

Notó cómo la llamaba, cómo no era capaz de gestionar el llanto del bebé. Entró al baño con el bebé en brazos y, antes de que pudiera hablar, le gritó:

—Prepara una toma para el bebé.

Por un momento, deseó que no hubiera nadie en casa, o al menos, que se hubieran acostado ya los dos.

No se molestó en comprobar si Saúl estaba en la habitación o frente al ordenador; temía que el simple acto de desear algo pudiera hacer que se cumpliera de nuevo. Se acercó a la puerta del dormitorio, con la precaución de no hacer ruido para no alterar el estado de calma que parecía haber invadido la casa. Aguzó el oído, buscando el sonido del bebé que le indicara su estado. Todo estaba en silencio. Decidió que el bebé estaría bien, que Saúl se habría encargado de la toma y que hasta la una de la mañana tendría el tiempo libre que tanto ansiaba.

Volvió a escribirle a su padre, tan preocupada como cansada, y solo le decía que esperaba que ya se hubiera encontrado con su Aline, que solo quería saber, de verdad, si estaba bien, si a él también lo habían agredido en la pelea.

Cerró los ojos solo por unos instantes e intentó verlos caminando por el Sena.

Él arrastra todavía vigoroso, la silla de ruedas mientras buscan entre los puestos llenos de láminas falsas —que imitan a obras de parisinos atormentados— qué libro le va a leer. Los ojos de ella son la fuerza en las manos de él. La coloca enfrente de uno de estos tenderetes que, aunque de espaldas al río, siempre está bastante concurrido. Le va enseñando los libros que ojea, le habla de los que conoce, de los que cree conocer sin haberlos leído, y vuelven a mirarse como hace décadas.

Le llama la atención un título, uno en concreto que leyó hace mucho. Se queda pensativo. Ella lo nota, lo mira sin perder detalle y piensa que eso es quererse: mirar sin tener que hablar.

Se gira muy despacio, con la parsimonia que siempre tienen los mayores a quienes les sobra el tiempo, y solo comenta:

—Este es el libro que te mandé a tu primer piso, ese que compartías.

Se lo pide, busca una dedicatoria para comprobar si es ese mismo ejemplar, pero está sin mancillar y, claro, después de tantos años no recuerda si era esa edición. Solo lo tuvo unos meses, lo justo para leerlo y mandárselo.

—No hay nada escrito —le dice sin pena, dando a entender que era lo más normal, que hubiera sido demasiada casualidad, una digna de contar a su nieta.

Mira al final del libro, busca su nombre, su inicial. Ambos sonríen al encontrarla, sin hablar, en la orilla del río, justo en el puesto que está de espaldas, pero por el que pasa mucha gente.

Abrió los ojos. Reconoció el sonido de una lluvia que acaba de comenzar. Se extrañó de que lloviera en mayo. El sonido de un mensaje de WhatsApp interrumpió su ensoñación. Al leerlo, le pareció ver su sonrisa reflejada en la pantalla y no se demoró en contestar:

—¡Papá! —acierta a decir.

Un suspiro nunca augura nada bueno, pensó cuando volvió a escuchar a su bebé.

Antes de dormir, imaginó la sorpresa que se iban a llevar al día siguiente los vecinos cuando volviesen a oír el estrepitoso ruido de la reja de la librería, su librería.

B.

Agradecimientos

Las historias crecen siempre, por mucho que no queramos. A mí me regaron con ellas, con historias de una calle de Córdoba que estuvo llena de librerías, en la que ya no queda ninguna. Con historias donde mi abuelo que no quería ir a almorzar y había que ir a buscarlo a las tabernas, con abuelas que cosían, con abuelos que, a veces, no eran capaces de hacer salmorejos. A mí me regaron con los libros que mi padre empezó a comprar con sus primeros sueldos; con la alegría de mi madre y sus canciones, de los Brincos o de Los Bravos, que yo nunca oí. Con un tal Pablo García Baena, premio Cervantes, medio familiar de mi padre y muy apreciado, al que de pequeño no paraba de oír hablar de él, tanto que le tuve que poner un mote. Con historias de la Calle de Feria en dónde no nací ni viví, pero que de la que siempre formé parte. Porque si de niño te leen, si de niño te cuentan historias, de mayor leerás y quizá, las escribirás.

Gracias a Leo y a Valeria, mis editores, que supieron ver donde nadie veía; gracias a Pablo y a David, mis agentes, que siempre quieren ver.

Gracias a ti, Digna, a quien siempre voy a dedicar todas mis historias. Porque para que yo escriba, alguien tiene que atender el fuego del hogar. Gracias a mi «mayor», que entendió que había ratos en lo que tenía que estar frente a la pantalla, escribiendo la historia de los abuelitos, como él la llamaba. Al que ya cuento mil historias a diario, al que ya se las oigo contar a sus hermanos.

¿TE HA GUSTADO
ESTA HISTORIA?

Escríbenos a...

plata@uranoworld.com

Y cuéntanos tu opinión.

Conoce más sobre nuestros libros en...

plataeditores

PlataEditores